情深辞婉诗成谜

叶嘉莹带你读懂李商隐

The Poetry of Li Shangyin

李商隐 原著

叶嘉莹 导读

阮筠庭 故事绘图

中国致公出版社　知音动漫

知 音 动 漫 图 书 · 时 代 坊

ZHIYIN COMIC BOOK 打造优秀作品 · 引领流行阅读

时代坊

锦瑟无端五十弦，
一弦一柱思华年。
庄生晓梦迷蝴蝶，
望帝春心托杜鹃。

他们这么说这本书
What They Say

插画：李俐洁

王安石
1021 — 1086

北宋政治家、思想家，以李商隐为杜甫唯一的继承者，给予李商隐极高的评价。宋代蔡居厚在《蔡宽夫诗话》中提道："王荆公晚年亦喜称义山诗，以为唐人知学老杜而得其藩篱者，唯义山一人而已。"

> 唐人知学老杜而得其藩篱者，唯义山一人而已

叶燮
1627 — 1703

李商隐擅长七律和五言排律，但七绝也有杰出的作品。清代诗人叶燮在《原诗》中评价其七绝："寄托深而措辞婉，实可空百代无其匹也。"

> 寄托深而措辞婉，实可空百代无其匹也

> 后人以温、李并称，只取其秾丽相似，其实风骨各殊也

沈德潜
1673 — 1769

清代诗人沈德潜在其编选的《唐诗别裁集》中，评李商隐的七律："义山近体，襞襀重重，长于讽喻，中有顿挫沉著可接武少陵者，故应为一大宗。后人以温、李并称，只取其秾丽相似，其实风骨各殊也。"

施蛰存

1905 — 2003

作家施蛰存在《唐诗百话》一书中说道："在唐诗中，李商隐不能说是最伟大的诗人，因为他的诗的社会意义，远不及李白、杜甫、白居易的诗。但我们可以说李商隐是对后世最有影响的唐代诗人，因为爱好李商隐诗的人比爱好李、杜、白诗的人更多。"

对后世最有影响的唐代诗人

像谜语一样是很难解的，可是它的美是很吸引人的

叶嘉莹

1924 —

这本书的导读者叶嘉莹，现任天津南开大学中华古典文化研究所所长。她认为："李商隐的诗像谜语一样是很难解的，可是它的美是很吸引人的。以诗学来说，杜甫以后学杜甫学得最好的就是李商隐，李商隐学杜甫有几种不同的方式：一种方式，就是表面学得很像，比如《行次西郊作一百韵》，那是完全模仿杜甫写人民的疾苦，这是正面学杜甫。另外一面，就是李商隐学到了杜甫艺术性的句法，就像这句'桂花吹断月中香'，这是杜甫的句法。"

你要说些什么？

你

?

在二十一世纪此刻的你，读了这本书又有什么话要说呢？

和作者相关的一些人
Related People

插画：李俐洁

李商隐
813 — 858

字义山，怀州河内（今河南沁阳）
人。他长于律诗、绝句，辞藻华美，
色彩浓丽，多用典故。尤其是一
些爱情诗写得缠绵悱恻，为人传
诵。有《李义山诗集》。

令狐楚
766 — 837

为中唐重要的政治人物，与当时许多重大的
政治事件有密切关系，在文学上以古文大家
闻名，尤善四六骈文。令狐楚对李商隐非常
欣赏，不仅引为僚属，并传授其骈文技巧。
他的儿子令狐绹更对李商隐中进士有揄扬之
助，但后来与李商隐反目。

崔戎
780 — 834

生于一个豪族大家。历任蓝田主簿、殿中侍御史、谏
议大夫、剑南东西两川宣慰使、给事中、兖海沂密都
团练观察使等官职。为李商隐的表叔，对他非常器重，
他的两个儿子与李商隐也颇有交情，但可惜刚提拔完
李商隐就去世了。

王茂元
? — 843

出身将门，幼从父征战，以勇略知名。因欣赏李商隐的才华，便把幺女嫁给了李商隐。但由于王茂元属李党，而李商隐的老师令狐楚属牛党，因此造成了李商隐一生仕途坎坷。

杜甫
712 — 770

为唐朝现实主义诗人。其诗歌兼备多种风格，除五古、七古、五律、七律外，还写了不少排律。后人尊其为"诗圣"，作品集有《杜工部集》。李商隐推崇杜甫，不仅学杜甫的古体，也重视杜甫的近体。其创作在句法、章法和结构方面受到杜甫的影响。

柳枝
不详

李商隐年轻时有一段恋情，女子是一位十七岁的姑娘柳枝。她在偶然的机会下听到李商隐的诗，便主动邀约。但李商隐却未赴约，而后柳枝被大官收为妾。之后李商隐写了一组诗《柳枝五首》，讲述了柳枝的故事。

这本书的历史背景

Time line

中国地区大事

618
李渊废恭帝，建都于长安，国号唐

626
李世民即位，为唐太宗，开启"贞观之治"

630
李靖率军大破东突厥，原附属东突厥的西北各族长转而归顺唐朝，并尊封唐太宗"天可汗"的称号，意为天下的共主

641
文成公主下嫁吐蕃王松赞干布

645
玄奘取经回国。隔年把自己十九年来游历印度、西域的所见所闻，编为《大唐西域记》。本书是印度佛教史研究的重要文献，对印度历史、地理的研究也极为重要

689
六祖慧能在大梵寺说法，门人集结为《坛经》

690
武则天称帝，改国号为周

701
诗仙李白出生

712
唐玄宗即位，开启「开元之治」；诗圣杜甫出生

745
天宝四载，唐玄宗册封杨玉环为贵妃

700

中国以外地区大事

622
伊斯兰教纪元开始

630
日本首次派遣唐使东来，此后陆续派出十多次遣唐使，目的是向唐示好，并学习唐朝的制度及文化。遣唐使团的成员除了使节之外，并有大批留学生与留学僧

639
阿拉伯帝国攻入耶路撒冷、叙利亚

645
日本孝德天皇推行大化革新

668
新罗与唐联军灭高句丽，统一朝鲜半岛

750
阿拔斯王朝建立，伊斯兰文化进入黄金时期

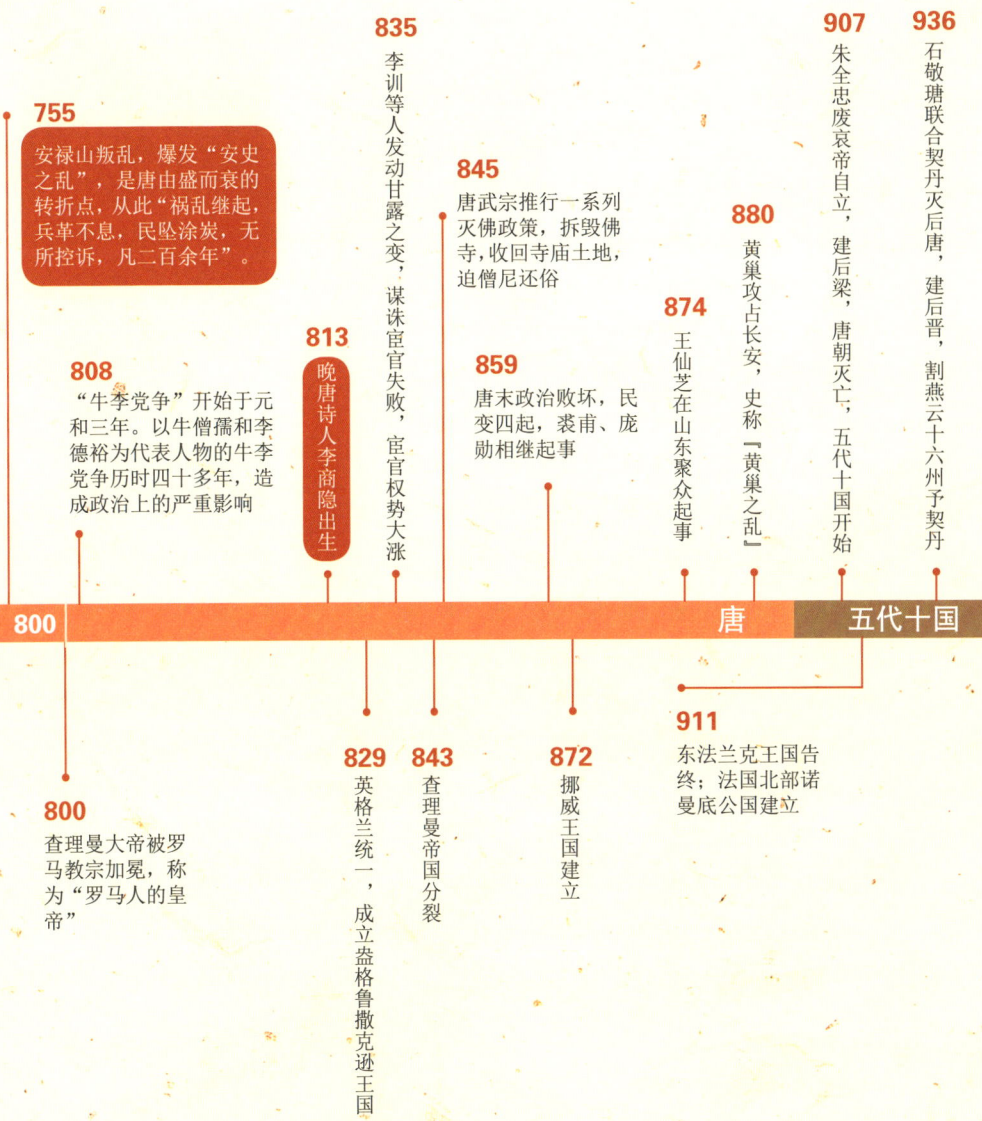

755

安禄山叛乱，爆发"安史之乱"，是唐由盛而衰的转折点，从此"祸乱继起，兵革不息，民坠涂炭，无所控诉，凡二百余年"。

835

李训等人发动甘露之变，谋诛宦官失败，宦官权势大涨

845

唐武宗推行一系列灭佛政策，拆毁佛寺，收回寺庙土地，迫僧尼还俗

907

朱全忠废哀帝自立，建后梁，唐朝灭亡，五代十国开始

936

石敬瑭联合契丹灭后唐，建后晋，割燕云十六州予契丹

808

"牛李党争"开始于元和三年。以牛僧孺和李德裕为代表人物的牛李党争历时四十多年，造成政治上的严重影响

813

晚唐诗人李商隐出生

859

唐末政治败坏，民变四起，裘甫、庞勋相继起事

880

黄巢攻占长安，史称『黄巢之乱』

874

王仙芝在山东聚众起事

800

查理曼大帝被罗马教宗加冕，称为"罗马人的皇帝"

829

英格兰统一，成立盎格鲁撒克逊王国

843

查理曼帝国分裂

872

挪威王国建立

911

东法兰克王国告终；法国北部诺曼底公国建立

800　　　　　　　　　　　　　　　**唐**　　**五代十国**

这位作者的事情
About the Author

作者的事情

813
宪宗元和八年，李商隐出生于怀州河内，字义山，号玉谿生，又号樊南生

816
随父亲在浙东越州，开始诵读经书

822
李商隐父亲早逝。身为长子，因为没有亲戚可以依靠，他只得为人抄书、替人春米，以养活母亲和自己。他与堂弟李羲叟跟随叔父读经书，很快就显露出文才

829
用古文写了《才论》《圣论》，以所写的文章拜谒天平军节度使令狐楚，令狐楚赏识其才华，不但指导他写骈体文，并且在生活上给予资助，待他如子，后来又征辟他入幕为巡官

834
到兖州，主管文书跟随兖海观察使崔戎

835
前往玉阳山学道

836
作《燕台四首》

837
再度赴京考试，在令狐楚之子令狐绹的推荐下，李商隐终于考中进士

838
到泾原节度使王茂元幕下，受其赏识，把女儿嫁给他。由于王家与令狐家分属李党与牛党，李商隐此举被令狐绹视为背叛。同年，参与博学宏词科考试，原本为考官所取，复审时却被除名

当时其他人的事情

816
白居易作《琵琶行》

819
韩愈作《谏迎佛骨表》

825
杜牧作《阿房宫赋》

826
白行简完成传奇《李娃传》

830
波斯数学家花剌子密发表《代数学》

835
姚合编唐诗选本《极玄集》

853

在东川幕，将其骈文作品编为《樊南乙集》。然而这段时间，李商隐抑郁不乐，转而投入佛教信仰，与当地僧人为友，捐钱修建佛寺，甚至想出家为僧

839

任弘农尉，作《任弘农尉献州刺史乞假还京》

858

作《锦瑟》；罢官，回到郑州，不久病逝

847

入桂管观察使郑亚之幕，主管文书；编订《樊南甲集》

851

妻子王氏病故。李商隐夫妇感情深厚，王氏去世后，李商隐深受打击，写了许多悼亡诗，情感真挚，沉郁哀痛

842

再以书判拔萃重入秘书省；母亲去世

849

入武宁军节度使卢弘正之幕为判官，前往徐州

855

任盐铁推官

845

应堂叔郑州刺史李褒的邀请，赴郑州

851

入梓州柳仲郢幕，代掌书记

唐

这本书要你去旅行的地方
Travel Guide

沁阳 ●●●

● **李商隐墓**

依据清代康熙年间《河内县志》的古迹图，和乾隆年间的《河内通志·陵墓》里的相关内容，李商隐墓位于沁阳。

荥阳 ●●●

● **李商隐公园**

位于荥阳市区东部，以中国传统园林形式建造，公园内有一座李商隐墓，据说李商隐葬于此。

洛阳 ●●●

● **定鼎门遗址**

定鼎门是隋唐洛阳城外郭城的正门，现开放有"定鼎门遗址博物馆"。

● **牡丹园**

唐代的贵族仕女、文人雅士都钟爱牡丹，李商隐就写过关于牡丹的诗。洛阳的牡丹历史悠久，花色鲜艳，品种繁多，四月中旬到五月中旬为花季。

● **大巴山**

四川省与陕西省界山。东与神农架、巫山相连；西与摩天岭相接；北以汉江谷地为界。李商隐曾在四川梓州居住四年，其诗作《夜雨寄北》，就曾提到"巴山夜雨"。

西安 ●●●

● **西安城墙**

明朝初年在唐长安城皇城的基础上建造起来的，后经过五次大规模修建。全长 13.7 公里，是世界上现存规模最大的古代城墙。

● **大明宫遗址**

大明宫是唐长安城规模最大的一座宫殿。自唐高宗起两百多年，唐朝的帝王们大都在这里居住和处理朝政。唐朝末期，整座宫殿毁于战火，现改建为大明宫遗址公园。

● **朱雀门**

唐皇城的正门，也就是皇帝出入的南门。门下是城市中央的朱雀大街。隋唐时，皇帝常在这里举行庆典活动。

● **曲江池**

盛唐时期的著名风景区，过去许多皇室成员、贵族仕女、文人进士，在此笙歌画船，悠游宴乐。现建有"曲江遗址公园"。

● **大唐芙蓉园**

坐落于曲江新区，是历史上有名的皇家御苑。今天的大唐芙蓉园是在原唐代芙蓉园遗址上重建的。

● **乐游原**

位于西安市南郊的一处高地上，上有唐代寺庙青龙寺。乐游原是唐长安城内地势最高处，登上它可眺望长安城，是文人游赏之地。李商隐曾作《登乐游原》诗。

● **含光门遗址**

唐含光门遗址门址呈长方形，以黄土版筑而成。由于古时来唐贸易的商人必须在含光门内的鸿胪寺登记备案，因此这里可说是丝绸之路的真正起点。

目录
Contents

导读

叶嘉莹

以中国古典诗词研究为终身事业，1993 年在天津南开大学创办"中国文学比较研究所"，现任南开大学中华古典文化研究所所长。

著有《迦陵论词丛稿》《迦陵论诗丛稿》《唐宋词十七讲》等。

李商隐的诗大家都认为是很难懂的，好像谜语一样，所以从前元好问《论诗三十首》中有一首诗：

望帝春心托杜鹃，佳人锦瑟怨华年。
诗家总爱西昆好，独恨无人作郑笺。

《锦瑟》这首诗引起了很多不同的理解，很多不同的说法。我这次准备讲稿的时候，有一个朋友，他说我帮你查了一下，《锦瑟》的论文有一百多篇，你怎么整理呢？我自己以前也写过一篇论文，论《锦瑟》诗，但是我也论过李商隐更加令人难以猜测的诗，就是《燕台四首》。这四首诗读起来更加让人莫名其妙，如《燕台四首》的第一首诗《春》。

风光冉冉东西陌，几日娇魂寻不得。
蜜房羽客类芳心，冶叶倡条遍相识。
暖蔼辉迟桃树西，高鬟立共桃鬟齐。
雄龙雌凤杳何许，絮乱丝繁天亦迷。
醉起微阳若初曙，映帘梦断闻残语。
愁将铁网罥珊瑚，海阔天翻迷处所。
衣带无情有宽窄，春烟自碧秋霜白。
研丹擘石天不知，愿得天牢锁冤魄。
夹罗委箧单绡起，香肌冷衬琤琤佩。
今日东风自不胜，化作幽光入西海。

李商隐

　　晚唐诗人的代表人物，与杜牧合称"小李杜"。年少即有才名，二十余岁进士及第，但政治上极不得志，做过弘农县尉、秘书省校书郎、检校工部郎中等官职。李商隐是一个有政治理想的人，但一生纠缠于政治党派与恋爱的痛苦之中，养成感伤抑郁的性格，表现在诗作上就是"秾丽之中，时带沉郁"。

▲李商隐公园中的李商隐塑像

　　真是跟谜语一样，到底说了些什么？那历来注诗的人有几十种不同的说法，我个人虽然也参考了一些别人的说法，不过我自己有一个想法。我认为诗里面写的是什么本事、什么人、什么地点、有什么故事，这个当然也很重要，但我认为一首诗之所以是好诗、之所以是坏诗，不在于它写的题目是什么，不在于它写的人物是什么。任何的题目、任何的人物、任何的内容都可以写成好诗，但是也都可以写成坏诗。我们评赏一首诗，主要是讲这首诗在美学上的价值。

元好问

　　《论诗三十首》云："诗家总爱西昆好，独恨无人作郑笺。"所谓西昆指的是北宋初年，由杨亿、刘筠、钱惟演等人所领导的西昆诗派。郑笺指的是东汉郑玄为《毛诗》所作的笺解。

李義山

義山能為古文不喜偶對從事令狐楚幕楚能章奏遂以其道授之自是始為今體章奏博學強記下筆不能自休尤善為誄奠之辭與太原溫庭筠南郡段成式齊名時號三十六體文思清麗庭筠過之

▲李商隐像

所谓诗歌的美学应该分成两方面：一方面是它能够感知的因素，它是怎么样感受世界的。西方的现象学里讲，当你的意识接触到外界的景物事件的时候，你那个意识是怎样在活动，那个本质才是重要的，那是能感知的一种力量。我们普通人具有能感知的力量就足够了。可是作为一个诗人就不然，一个诗人就既要有能感知的力量，还要有能写之的力量。因为诗是要写出来的，你能感知并且能写之，才成为一首诗。所以我们要读一首诗，欣赏它、评说它，而不是只在考察它的本事是什么。同样的一个故事，某甲来写可以写成非常好的诗，某乙来写也可以写成很坏的诗。所以我们真正要评说一首诗的好坏，是要从能感知与能写之两方面来衡量。一个人最微妙的一点，就是你的心灵、你的意识、你感受的时候的作用和姿态，每个人都是不一样的，但是这个太抽象化了。我们姑且先把李商隐的生平做一个简单的介绍。

❧❧ 偶然注定悲剧一生 ❧❧

李商隐一生都是很不幸的。从前我在别的地方讲晚唐五代，我说冯延巳生下来就是一个悲剧人物，他生在南唐，他父亲和南唐的开国君主烈祖结成了密切的关系，他从小就和南唐的中主交游。当南唐中主承继了南唐的国主的位子，冯延巳就做了他的宰相。一个人生在一个一定要走向灭亡的国家，而且跟这个一定要走向灭亡的国家结成了这么密切的关系，他生来就注定是个悲剧，一个人生下来就注定是悲剧的命运。

南唐（937—975）

　　属五代十国的十国之一，定都于金陵（今南京），为徐知诰（后改名为李昪）灭吴之后所建立，疆土是十国中最大的，为当时南方的强盛之国，传三世到后主李煜时为北宋所灭。这个时期北方中原政治动荡不安，战乱频仍，经济文化受到严重破坏，南唐却经济繁荣，文化发达，加上君主雅好文艺，与西蜀同为当时的文化中心。

▲南唐 顾闳中 《韩熙载夜宴图》（局部）

　　《韩熙载夜宴图》主要描绘南唐尚书韩熙载生活奢靡之景。而冯延巳正是生于南唐这个衰颓的年代，他的一生既见证了南唐最后的繁华，也迎向了注定悲剧的命运

李商隐则是偶然的机会注定他悲剧的一生。我们只从他留下的文章里简单看看他的生平。李商隐是河南人，但是当他小的时候，他的父亲是在浙江做县令（一说是幕府），一个很卑微的小官。所以他是河南人，但小的时候生长在南方。更不幸的是，李商隐八九岁的时候父亲去世了。古代注重宗族的继承，也就是宗嗣。李商隐是家里的长子，所以他要负起长子的责任，李商隐后来写了一篇文章《祭裴氏姊文》：

> 某年方就傅，家难旋臻，躬奉板舆，以引丹旐。四海无可归之地，九族无可倚之亲。既祔故邱，便同逋骇，生人穷困，闻见所无。及衣裳外除，旨甘是急。乃占数东甸，佣书贩舂……

他说，我跟老师读书正好是八九岁的年纪，家里就遭遇了灾难，而我作为长子要举着引魂幡把父亲的灵柩运回河南。然而四海虽大，却没有一处是我的家。他已经离开河南那么远，河南已经没有他的家，而这里说"九族"，亲朋没有一个可以依靠的。"邱"是坟，我把父亲埋在祖坟里，我就成了无家可归的人了。

我们要想真正理解李商隐的诗，要对他的人有个理解。李商隐当年所过的那种贫穷卑贱的生活，是大家从来没有听说过的。"及衣裳外除，旨甘是急"，什么叫"衣裳外除"，就是孝服，中国古人说服丧是三年，因为父母抚养你至少要三年。守孝的期间是不准工作的，但是等到丧服脱下来，吃饭的问题就变得重要了。"旨甘"两个字绝不会指自己，而是指孝敬母亲。父亲死了，母亲还活着，所以他要赶快找个工作孝敬他的母亲。"乃占数东甸，佣书贩舂"，于是他赶快报了一个户籍把他的名字放进去，东甸就是洛阳城东的一个地方。把户口报到河南以后，那么用什么养活他的母亲？"佣书贩舂"。佣书就是他给人抄写，因为唐朝的时候印刷术还不是很流行，所以他被人雇去做抄书的工作；"舂"就是舂米，"贩舂"就是他出卖劳力给人舂米。这是李商隐幼年时候所做的工作。他作为一个长子，不但要谋生，古人认为扬名声、显父母、光宗耀祖，这才是做子孙的一个更重要的责任。所以李商隐读书一定是苦读的，我们从他的文章辞藻那

▲青瓷舂米俑。李商隐年幼丧父，身为长子的他一肩挑起家计，不得不靠为人舂米及抄书维生

么丰富就可以看出他的书读得好，文章也作得好。我们说"有才之人，譬如锥处囊中，脱颖而出"，你如果是个普通人，那就罢了，如果你果然是个有才华的人，那么即使把你包起来，你的才华还是会像囊中的锥一样，锋芒显露。所以李商隐从小就很有文名。

时运不济陷入党争

　　李商隐原来写的文章是古文，唐朝有古文有骈文。据李商隐记载，他写过《才论》《圣论》。《才论》也就是论说什么叫作才，怎样能够完成一个才。还有《圣论》，是说你要成为一个什么样的圣人。"圣"是你所持守的一个做人的法则，而你之所以能够成为"圣"，是因为你有从始至终不改变的持守，才能够达到你这个理想。他年轻的时候本来是写这样的文章的，所以李商隐绝不是像一般人所误会的那样，认为他就是一个很浪漫的人，常常写爱情诗的人。

　　李商隐十五六岁的时候，认识一位叫作令狐楚的人。唐朝时有一个风气，就是"行卷"，你把文章献给别人，能得到别人的欣赏这就叫"行卷"。于是李商隐把文章拿给令狐楚，令狐楚一看非常欣赏，觉得这个年轻人真是有才华，就叫李商隐跟他一起生活，跟他的儿子一起交游。令狐楚有一个儿子非常有名，后来做了宰相，就是令狐绹，所以李商隐跟令狐绹也有很密切的关系。这个时候，令狐楚就教李商隐说，你不要写古文了，古文现在已经不流行了。当时唐朝流行的是骈文，对偶的骈四俪六的骈文。所以令狐楚就训练李商隐写骈文。李商隐到了十几岁，也应该去参加科举考试了，所以令狐楚就给他资助让他去参加。李商隐接连考了三次都没有考上，第一次考试没有考上，第二次考试又没有考上，第三次因为生病没有去考。这中间有一段时间他跟随一位叫崔戎的人，崔戎很欣赏他

唐代科举考试

　　唐代科举考试未如宋代以后有严格的糊名密封制度，进士及第与否，并非全凭考试时的答卷所决定，平时的名声和人际关系都会对考试结果产生重大影响，因此产生了"行卷"的做法。所谓行卷，就是考生到了长安之后，将自己平日的作品，抄录若干代表性的篇章，再连同自己的名片，送给可能担任主考官的朝中显贵或能发挥影响力的知名人物。投献的作品一般有诗、文，也有被视为能表现史才、诗笔的小说。行卷之后，要耐心恭候回音，经过一段时日如果没有回应，就要再次上书询问兼催促，称为"温卷"。如能得到重要人物的赏识、揄扬和推荐，便能增加进士及第的机会。

的才华，把他带到兖海，也就是山东的沿海。

我刚才说到人的命运。李商隐很小的时候就遭遇了父亲的丧事，没有帮助没有依靠。有令狐楚欣赏他，但是他考了几次都没有考上；有崔戎欣赏他，崔戎是兖海观察使，于是李商隐就到了兖海。可是天下就是有不幸运的事情，到了那里崔戎就病了，第二年崔戎就死了。李商隐再度落魄，不得已回来了，于是参加了第四次考试。这次考试的主考官跟令狐楚的儿子令狐绹是很好的朋友。当时这些考官们有生杀予夺的大权，所以主考官问令狐绹，你父亲的门下你所交游的人士哪一个人最好？令狐绹说：李商隐。过了一阵子主考官又问他，你父亲的门下跟你交游的人哪一个人最好？他说：李商隐。令狐绹说了四次李商隐，所以这次科举考试，李商隐考中了进士。李商隐这个人真是命运中有很多不幸。崔戎是很欣赏他的，带到兖海第二年崔戎死了；令狐楚是很欣赏他的，令狐绹给他揄扬让他考中了进士，这岂不是一个很大的转机？可是就在他考中进士的那年冬天，令狐楚死了。古代父母之丧是三年，令狐楚死了，那么令狐绹就要守丧三年，这三年李商隐要依附什么人？这时候出现了另外一个人，就是泾原节度使王茂元。

李商隐是新科进士，古来很多权贵选女婿就从这些新科进士中物色人选。王茂元欣赏李商隐的才华，于是就把女儿嫁给了他。李商隐的文才很好，令狐楚欣赏他，就网罗到自己门下。王茂元欣赏他，也网罗到自己的门下，这本是人之常情。但是唐朝时有政党的斗争，斗争起来有时是非常自私，也非常不理性的。我过去讲过苏东坡和周邦彦，他们同样经历了北宋变法新旧两党的党争。苏东坡完全以国家民生为重，不管是王安石的新党还是司马光的旧党，苏东坡都不附和，

唐代进士

　　唐代进士及第的考生称主考官为座主，自称为门生，大约出现于玄宗朝，到了大历、贞元年间逐渐演变为座主与门生之间的紧密关系，形成有强烈现实色彩的师生之谊。门生视座主为赐予恩惠之地，座主视门生则为可收租征税的产业，两者是互惠式的利益结合。因为当时科举考试，主考官有很大的决定权，凡能进士及第，此后的荣华富贵被认为皆是出于座主所赐，门生当然要感恩图报，甚至有"凡号门生而不知恩之所自者，非人也"的说法，可见当时社会风气。然而座主与门生的串联，却因此结成党派互相争斗，形成中晚唐政治上朋党之祸的肇因。

▲唐 张萱 《武后步辇图》

　　初唐时，科考取士的门阀观念极重，而武则天为了确立自己的政治势力，打击门阀，从科举考试中大量举用贤能者。可惜过度强调科举取士的后果，便造成了座主与门生结党互斗的局面

唐代军队壁画，郑德太子李重润墓出土

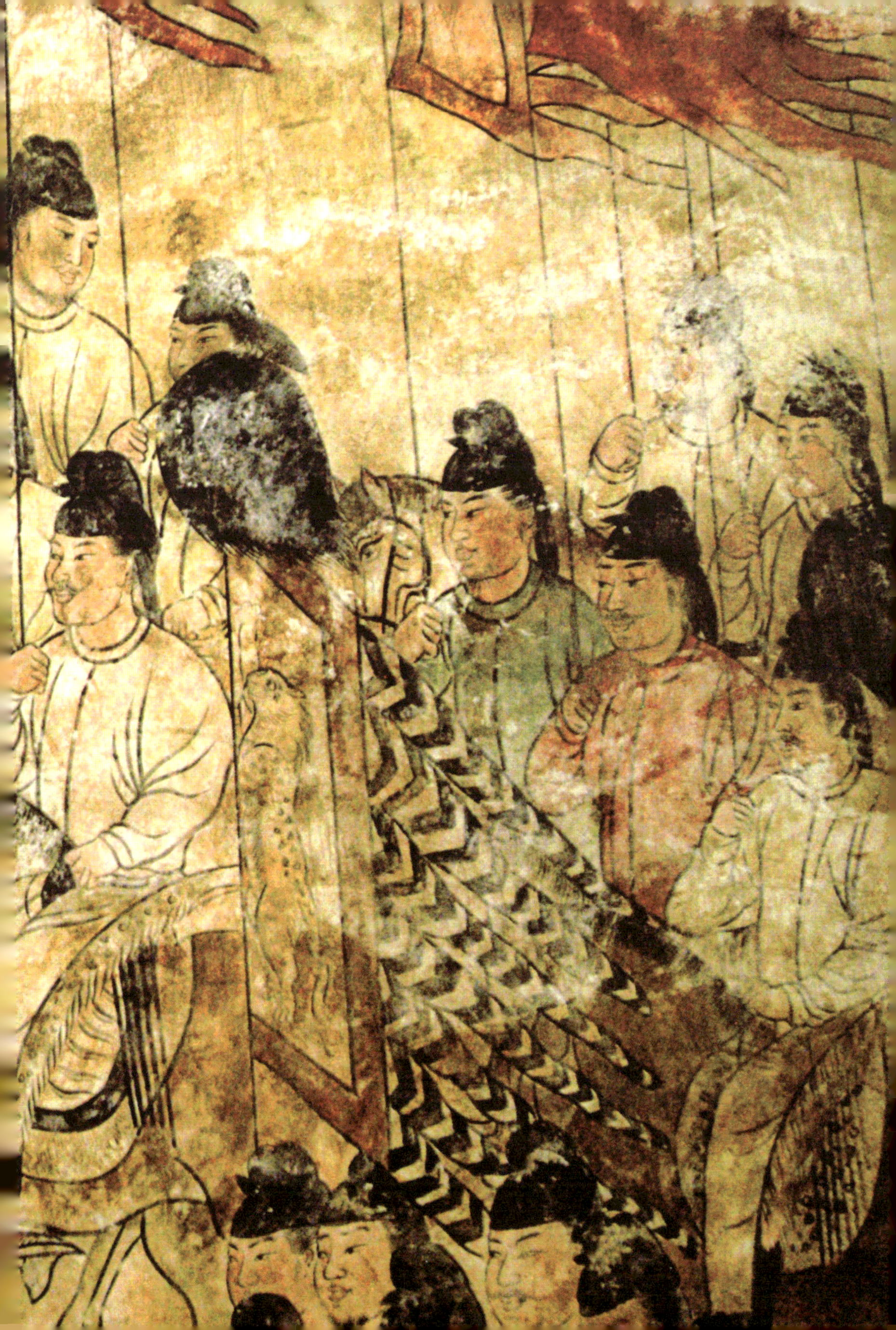

对就是对，错就是错，不站在任何一党一边。跟苏东坡差不多同时，还有一个词人周邦彦，在新党主政的时候神宗扩建太学，周邦彦入学为太学生，他写了一篇《汴都赋》，于是就从学生升到了领导。可是当神宗去世了，高太后用事的时候，周邦彦就被贬出去了。等到高太后死了，哲宗用事的时候，他把新党又召回来了。而周邦彦的作风跟苏东坡完全不相似，苏东坡完全以国家民生为重，而周邦彦在以前新党得势时颂扬新党，得到一个较高的地位，当他第二次再回来，他既不敢歌颂新党也不敢歌颂旧党，就想苟且保全，"人望之如木鸡"。鸡是要打鸣的，可是别人看他就像一个木头做的鸡，根本不会叫，闭口不言天下事，明哲保身。明哲保身也是很聪明的办法。可是正因为他们两个人的人格不同，周邦彦的词虽然富艳精工，可是以境界的高下来说，跟苏东坡是天差地别。所以，文学里面人格才是最重要的。

关心国家治乱

那么身处党争之中，李商隐是什么态度？大家都讲李商隐写的是恋爱诗，好像李商隐只会写爱情诗一样。刚才我说李商隐刚刚考中进士，令狐楚就死了，他去给令狐楚奔丧。那个时候他到长安去，沿路经过长安城的西郊。而长安城自从安史之乱以后，藩镇跋扈，宦官专权。李商隐生在宪宗皇帝时期，他所经历的宪、

唐初即有党争，但规模最大历时最久的则为牛李党争，所谓"牛"指的是以牛僧孺为首，包括李宗闵在内的牛党，"李"是指以李德裕为首的李党。虽然牛僧孺也好，李德裕也好，表面上都未曾明言自身有结党之事，但实际上两人都各结势力，互相指责对方为朋党，在政治上争斗不休。牛李党争起于元和年间，当时的宰相为李吉甫，主张对割据的藩镇采取不姑息的武力制裁，元和二年的策试中，进士李宗闵在对策时讥讽李吉甫，吉甫之子李德裕后来成为翰林学士，对李宗闵极为不满，于是两人开始各树朋党，攻讦对方。其后牛僧孺的声望凌驾于李宗闵，因此李宗闵反以牛僧孺为首，而称为牛党。牛李两党互相倾轧了四十多年，至宣宗时才结束，绝大多数的朝臣都被卷入，非牛党即李党，双方在政治上互相排挤。两党的争斗政治欲望多于政治理想，并无坚持固定的理念和政策，多半流于意气之争，却造成政治上的严重影响。

▲唐代士兵仪仗队壁画，章怀太子李贤墓出土。自从安史之乱后，唐代便陷于藩镇跋扈、宦官专权的动荡中，而李商隐正处于这样一个不安的时代

穆、敬、文、武、宣六代皇帝中，两个皇帝被宦官杀死，两个皇帝被宦官拥立，大臣没有作为，生杀废立都掌握在宦官手中。李商隐就生在这样的时代。

中国的读书人一向抱持的理想是修身、齐家、治国、平天下，所以当李商隐考中进士后，他所关心的不是自己的身价，而是国家的治乱，所以写了《行次西郊作一百韵》（节选）：

蛇年建丑月，我自梁还秦。
南下大散岭，北济渭之滨。
草木半舒坼，不类冰雪晨。
又若夏苦热，燋卷无芳津。
高田长槲枥，下田长荆榛。
农具弃道旁，饥牛死空墩。
依依过村落，十室无一存。
存者皆面啼，无衣可迎宾。
始若畏人问，及门还具陈。
……
巍巍政事堂，宰相厌八珍。
敢问下执事，今谁掌其权？
疮痏几十载，不敢抉其根。
国蹙赋更重，人稀役弥繁。
……
夜半军牒来，屯兵万五千。
乡里骇供亿，老少相扳牵。
儿孙生未孩，弃之无惨颜。
不复议所适，但欲死山间。
尔来又三岁，甘泽不及春。
盗贼亭午起，问谁多穷民。
节使杀亭吏，捕之恐无因。

▲敦煌第 285 窟出土的战马壁画，可以想见骑战的盛行。对比李商隐诗中百姓因为战乱而流离失所的痛苦，特别引人感慨

▲敦煌第 45 窟出土的商人遇盗壁画，
反映了唐代社会动乱的一面

故謫有人亚有毒
兼言林身侯既壺

咫尺不相见，旱久多黄尘。

官健腰佩弓，自言为官巡。

常恐值荒迥，此辈还射人。

……

我听此言罢，冤愤如相焚。

昔闻举一会，群盗为之奔。

又闻理与乱，系人不系天。

我愿为此事，君前剖心肝。

叩头出鲜血，滂沱污紫宸。

九重黯已隔，涕泗空沾唇。

使典作尚书，厮养为将军。

慎勿道此言，此言未忍闻。

　　这是当年经过战乱、被剥削被掳夺的凄凉农村景象。种田的农具都弃在道旁，牛饿死了，就在土坡上。他说，我慢慢经过多少村落，经过十家住户没有一个活着的，就算看到一个活着的人，他看到客人来了就转过脸去，因为身上没有衣服，没有脸面见客人。你要问他近来生活怎么样，遭遇什么事情，他不敢说，他把你带到家里，然后才偷偷说出生活的情况。他说那个时候你们高大的中央政府——中书省、门下省、尚书省，宰相吃最珍贵的食物还觉得不满足。我们国家究竟谁在掌权？为什么我们国家如同生了几十年的恶疮毒瘤，一直没有人敢根治它，没有人敢说出来呢？有的时候逼迫乡亲拿出很多供养，所以乡村里的老少就互相扶儿携女地逃亡。我们农村的人何尝没有小孩，我们刚刚生下婴儿还没有长成就"弃之无惨颜"，因为没有粮食养不活，我们都不敢想我们逃到哪里去，因为没有一

　　中书省、门下省和尚书省是唐代中央政府最高一级的行政机构，合称为三省。中书省最高长官是中书令，最重要的职掌就是接受皇帝的旨意而撰拟诏敕。门下省的最高长官为侍中，主要的职掌是奏章的审查保存和诏敕的封驳。尚书省的最高长官为尚书令，副长官为左右仆射。由于唐太宗担任过尚书令，所以贞观以后到唐亡，尚书令一直悬缺不置，由左右仆射为代理长官。尚书省为执行政令、总理庶务的机构，又称为"尚书都省"，设有吏、户、礼、兵、刑、工六部，组织庞大。

▲唐代骑兵俑。李商隐所处的唐代，战乱频仍，许多官差并未恪尽保护人民的责任，而是借着职责之便对百姓大肆搜刮

块安乐的土地，我们只希望平静地死在乡村的山里。近来三年春天不下雨，四面都是盗贼，大白天盗贼就来了。而且因为久旱尘土飞扬。有个当官的身体特别健康，因为他吃得饱，腰上还配着弓，他说是替官家巡逻的，可是这个当官的人可能到荒郊野外就把你杀死。你看这是什么样的政治，老百姓过的什么样的生活？

李商隐怎么会写下这样的诗篇来？大家都说李商隐写的是爱情诗，而这《行次西郊作一百韵》，李商隐纯然是受杜甫的影响。杜甫的《自京赴奉先县咏怀五百字》与《北征》那首长诗写当时天宝年间战乱的困苦，都是写实的。李商隐完全是杜甫的作风。他最后说"我听此言罢，冤愤如相焚""昔闻举一会，群盗为之奔"，他说我听说古代晋国任用了一个叫会的人，实行严刑峻法，那些不法之人都逃跑了。"又闻理与乱，系人不系天"，他说我也听说一个国家安定还是紊乱主要在人不是在天。"我愿为此事，君前剖心肝"，他说我愿意为国家这样的灾苦告诉皇帝，"叩头出鲜血，滂沱污紫宸"，我愿意在皇帝的玉殿前叩头，头流出鲜血来。我虽然愿意做，可是我李商隐一个平民老百姓，没有一官半职的有什么机会见到皇帝？所以"九重黯已隔，涕泗空沾唇"，君门九重，哪里是这么容易见到的？所以隔得很遥远，我滂沱的涕泪从眼睛流到嘴唇。他说现在的朝廷是"使典作尚书，厮养为将军"，没有道德、没有修养、没有能力的都做了将军。但是"慎勿道此言，此言未忍闻"，这个话我们千万不要传出去，这个话不能让人听见。但是，天下有不传出去的东西吗？

🌿 恩主与岳丈之间的矛盾 🌿

李商隐写了《行次西郊作一百韵》，第二年他又去考试。唐朝的考试分几个阶段，你先要通过了初试就是进士，你考了进士有了身份，要参加一个分科的考试。分科考试时，李商隐就考了"博学宏词"，因为他自己的文学很好，就去考文官的考试。据李商隐记载，博学宏词考试有很多考官，有两个考官把李商隐录

▲唐代以金银双线编织的绢丝。一般印象中唐代盛世国富民强，但李商隐正好遇见百姓深受流离之苦的动荡乱世

取了，把录取名单报到中央那里，但是在中书省里最有地位的人说"此人不堪"，此人不能用，所以把李商隐的名字抹掉了。我以为这就是在李商隐写《行次西郊作一百韵》的第二年，这首诗传出去了，李商隐把这些当官的骂得狗血淋头，所以当然也就没有被录取。总而言之，李商隐平生总是不幸，偶然考中了进士，博学宏词又没考上，后来他参加了授官考试，顺利通过后得到了秘书省校书郎的职位，再后来就被派到了弘农县做县尉。我们这就要看李商隐的诗《任弘农尉献州刺史乞假还京》。县尉只是县令手下供驱使的小官，没有职权，所以李商隐做弘农县尉时就写了一首诗给州刺史，要乞假还京：

黄昏封印点刑徒，愧负荆山入座隅。
却羡卞和双刖足，一生无复没阶趋。

县老爷要审案子了，他负责把犯人带上来，之后县老爷就在那里审案，等到黄昏了，又叫李商隐点点名把犯人带回去。"愧负荆山入座隅"，他说我真是惭愧。荆山是和后边的卞和联系的。传说古代楚国有一座山叫作荆山，荆山出产美玉，卞和是识玉的人。卞和识得荆山的一块美玉，就把这块玉献给楚王，说这是天下最宝贵的玉石。楚王找了一个鉴定的人来看，那个人说，卞和在骗你啊，这个不是玉石，这是石头。楚王大怒，说你小小的卞和怎么可以欺骗我这国君？就把他右腿砍了下来。楚王死去，后一个楚王又继位了。这个卞和真的觉得这是一块宝玉，你要知道这就是后来用作传国玉玺的那块宝玉。他就献给第二个楚王，第二个楚王又请鉴定玉石的人来看，这个人又说明明是石头，卞和又来欺君罔上，于是把他左腿也砍了。最后证明，这真是一块千古最贵重最纯净的玉石，后来被

唐代地方行政为州、县两级制。唐初在重要的州镇，设有大总管或总管主掌军事，后改称大都督或都督，都督的职掌只管数州或数十州的军事，不管民政，边防地区的都督往往加有"使持节"的名号，有权专杀二千石以下的官吏。因都督加使持节，故渐渐形成"节度使"这个名称。唐睿宗景云二年（711年）开始正式设置节度使。玄宗天宝时，沿边地区共设有十个节度使，安史之乱后连内地也设置节度使，每个节度使可控制若干州的军事，节度使往往也兼管辖区内的民政、财赋、司法、监察等事务。

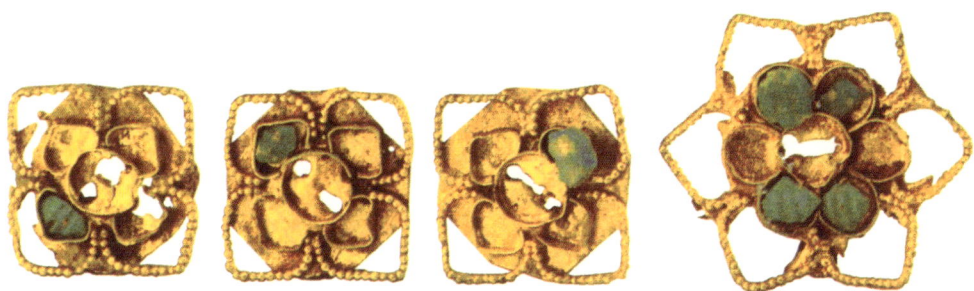

▲唐李景由墓出土金钿。唐代女子流行将花钿贴于钗上，或是贴于梳背，有时更插于两鬓，可见当时装扮之华丽

▲唐金乡县主墓出土的金钿

做成传国玉玺。他说"愧负荆山入座隅",我有如荆山上的宝玉,却在你这个贪官座下听你驱使,你应该放出去的却把他关起来了,你贪赃枉法,判得都不公平。所以我现在反而羡慕卞和的两条腿被砍掉了,"一生无复没阶趋",没有腿供你奔走了。我在台阶底下,你说让我把犯人带上来就带上来,说带下去就带下去,说推出去斩首就斩首,我没有做主张的资格,只能在阶下跑来跑去供你驱使,所以"却羡卞和双刖足,一生无复没阶趋"。

因此我们从《行次西郊作一百韵》《任弘农尉献州刺史乞假还京》可以看到,李商隐不是只写朦胧诗,也不是都写诗谜,他也有这样激昂慷慨的诗篇。李商隐很妙,像《行次西郊作一百韵》指斥国家的这些缺失,他就大胆地指斥了,对于县官判狱的不公平不满意他也说了,李商隐不是没有勇气,他敢说啊,他也为敢说付出了代价,人家中书省不录取他。可是为什么李商隐留下了那么多不敢说的像谜语一样的诗呢?因为对国家的腐败、对官员的贪赃枉法还敢说,但是对于跟你有亲密关系、跟你有密切感情的人,你不能说,也不忍说。而什么事情是不能说也不忍说的呢?刚才我们讲他得到令狐楚的欣赏,考中进士也是因为令狐绹赞美他。就在这个时候,泾原节度使王茂元欣赏他,要把女儿嫁给他,你说他娶还是不娶?李商隐很小的时候父亲就死了,后来考了四次才考中了进士,现在王茂元要把女儿嫁给他,与当初令狐楚欣赏他,把儿子介绍给他,这都是人之常情,所以李商隐没有仔细地考虑,就接受了王茂元的聘请,到他的幕府,而且跟王茂元的女儿结了婚。可是古代的党争是非常不理性的,唐朝有牛党跟李党,令狐楚是属于牛党的,而王茂元是属于李党的。我想李商隐当时很年轻,他正落魄潦倒,有人欣赏他,他就接受了,而且听说王茂元的女儿也很美丽。可是从此以后,李商隐就掉在牛、李两党之间,而这种感情对李商隐来说是难以说出的。

徐灿

江苏吴县(今苏州)人,生卒年不详,明末清初有名的女词人。她生活在一个激烈变动的时代,时感国破家亡的痛苦,又经历过起落不定的家庭际遇和感情生活,后来丈夫的死去,使其晚年更感孤寂,因此词中常常渗透着凄婉的情绪,伴随着深隐的词意和悲哀词心,被视为南宋以来,唯一可比美李清照的女性词人,也是清代开拓词风的关键人物。著有《拙政园诗集》和《拙政园诗馀》。

令狐楚、令狐绹父子两代是培养他的恩主，他能够说什么话呢？王茂元也以为他跟自己女儿结婚，怎么还能跟令狐家有来往？一个是两代恩主，一个是翁婿之情，这都是不能说的事情。

中国古代是非常严格的。有人曾议论女词人徐灿，说她的一些诗词是在讥讽她先生娶妾。这是一个误会。如果把徐灿跟她先生的诗词对比一下，就知道是徐灿给她先生纳妾的。所以如果不明白古代真正的情形，就误以为会像现在两个女人势不两立那样，认为徐灿的作品有妒讽之意，其实不然。古人很多关系都是非常微妙错综的。我是说很多事情是非常微妙，是不可以说的，所以徐灿就算是对先生不满意，也不会写到诗词里，这个是要分辨清楚的一点。尤其是家庭之间，家人父子之间，在中国古代"父为子隐，子为父隐，直在其中矣"，不可以对你的岳父、你的老师、你的恩主随便说不好，所以李商隐有很多不可以说的话。何况李商隐这个人应该也是很多情很浪漫的，他以前曾到山中学道，那里有很多女道士，他跟女道士也都有交游。所以李商隐那些无题诗，那些缠绵悱恻的诗歌究竟是隐托着什么样的寓意，还是纯粹的爱情诗呢？我们现在就看看李商隐这些谜一般的诗。

唐代的音一般称为"中古音"，所谓"中古音"指的是唐宋时期的语音，由于当时没有录音设备，我们现在对于中古音的认识，主要依赖《切韵》和《广韵》两部韵书关于字音的记录。中古音与现代语音的不同大约有几个方面：一、中古全浊声母到了现代语音一律清化。二、韵母越来越简化，从中古音到现代语音，总数少了近三分之二，许多韵尾相同、韵腹相近的韵母都合并成一个韵母。三、现代语音中的四声是直接从中古四声演变而来，中古音的声调有平、上、去、入四声，演变到现代音，去声字没有改变，中古的平声字分化为阴平和阳平两种，中古的上声字变成上声和去声两类，中古音有入声字，现代语音则已经消失了入声字，原有的入声字则分到平、上、去三声之中。

▲带宝子的莲花鹊尾灯

    河北宣化下八里辽金墓壁画，画中菩萨手持莲花鹊尾灯。带有宝子的灯最早发现于敦煌壁画中，此种灯的样式可能是隋唐时期即有

深受杜甫影响

我一向以为，我们要考证诗里面有没有本事，当然人都是好奇的，人都是喜欢追根究底，这种考证也不是错误，但是考证与诗的好坏没有关系。诗不是因为写这个题目才好，是因为写得好才好，你说按照作品的创作目的判断它的好坏，这是一个错误。也就是西方说的"intentional fallacy"（意向谬误）。诗不在于它的创作目的，而在于它本身是不是一首好诗。所以我们现在先撇开它的本事不说，看看它真的要写的是什么。先看《海上》：

石桥东望海连天，徐福空来不得仙。
直遣麻姑与搔背，可能留命待桑田。

大家注意，现在写旧诗，因为北方普通话没有入声，所以你尽管写现在的普通话的诗，按你现在的平仄来用。可是如果你读的是古人的诗，你要按照他的平仄来读，不能按照你现在习惯读的普通话的平仄来读，因为韵律、声调是诗歌生命的一部分，你不能破坏它的生命，声律之美是它美感的一个因素，你不能破坏它的美感。所以大家听我念有些字念得很奇怪，但是我觉得这样念才对得起原来作诗的人。

这首诗有几种不同的说法。一个是恰好唐朝的皇帝唐武宗是信奉神仙的，所以有人认为这首诗是讽刺唐武宗求神仙的。因为天下哪里有神仙？所以就讽刺

杜甫（712—770）

　　字子美，号少陵，祖籍为湖北襄阳，生于唐玄宗先天元年，卒于代宗大历五年，年五十九岁。杜甫生于唐代由盛转衰的关键时代，遭逢安史之乱的大变局，社会长期处于战争与混乱之中。杜甫的思想充满儒家积极救世的热情，一生虽始终处于颠沛流离的贫困生活，却以细密的观察力和丰富的同情心，在作品里表现出强烈的写实主义风格，将自身的悲欢离合与社会的动荡不安交织在诗歌创作之中，所作的诗深刻反映了唐代社会的盛衰变化，因而有"诗史"之称。

▲清 任薰 《麻姑献寿图》

麻姑本为古代修行的女道士,而后得道成仙。"沧海桑田"这句成语的典故便是麻姑在与王方平两次相见之间,
"见东海三为桑田"

他。凡是人间做皇帝做得高兴的就想长久地做下去，所以就想求得长生不老，秦始皇是如此，汉武帝是如此，唐武宗也是如此，但是天下哪里有这样的事情？海上是求神仙的地方，据说秦始皇派徐福带三千童男童女到海上找仙山。"石桥东望海连天"，有一个入海的石桥，你现在站在石桥上向东望，东面是大海，望不到陆地，是天连海海连天。大海上果然有神山吗？神山上果然有神仙吗？神仙果然能长生不死吗？"徐福空来不得仙"，当年秦始皇派徐福白白地来，并没有找到神仙。

"直遣麻姑与搔背，可能留命待桑田"，李商隐这里有几个转折，我们先不要说你不得仙，不得仙是正常的。直遣，直是简直、就算是，就算是你能够使得麻姑给你抓背，又能留住性命等到沧海复归桑田之日吗？这是鉴于中国古代的一个小说故事。说一个人跟朋友到遥远地方去，看到一个女子，他说这女子就是麻姑。这个俗人一看麻姑的指甲很长，他心里就动了一个不敬的念头，他想我背痒了，如果她给我抓抓背一定很舒服。他这么一想神仙就知道了。她说你怎么对我不恭敬呢？你不相信我是神仙？麻姑说你刚才站在这里跟我动念头的时候，东海上已经有三次沧海变为桑田、桑田变为沧海了。古人说"沧桑之变"，经过地的大震动，把一个湖水填没或者一个湖水忽然从地上出来了，高岸为谷，深谷为陵。麻姑说你算是幸运的，你不但听说了神仙而且见到了神仙，你让神仙给你抓背，就算你真的让神仙给你抓背了，你就可以长生不死了吗？

刚才我们说李商隐几次考试没有考上的时候，曾经被一个充海观察使崔戎带到兖州，可是刚刚到兖州，崔戎就得病死了，李商隐白白地遇到崔戎，最后还是落空。所以他说就算我见到麻姑也不能保证活下去，这是非常写实的一件事情。现在讲到另外一点就是李商隐的表现手法，同样一个故事，同样一种感情，你要

中国古诗没有标题的情况颇多，如《诗经》诸篇最初都没有标题，然而以"无题"为名进行大量创作的诗，则是唐代李商隐首创。现存李商隐的诗中，以"无题"为名的有十七首，这些无题诗除少数外，内容大都属于爱情诗的范畴。此外，李商隐的诗中，不少是取首二字或篇中任二字为题，实际上就内容而言，多半也可归类为无题诗。这些无题诗是以爱情生活为底本，融入全部的人生经验，用来感伤身世为主题的作品。李商隐的无题诗对后世影响很大，历代皆有喜爱和模仿者。

▲清 康涛 《华清出浴图》

　　图中贵妃神态慵懒，身披罗纱，两位宫女跟随其后，显现出浴后的闲适。画虽与李商隐无关，但其中艳丽之感却与李商隐诗风相合

把你所遭遇的事件、感情怎么样传达叙说出来。李商隐真是曲折酝酿，"石桥东望海连天，徐福空来不得仙。直遣麻姑与搔背，可能留命待桑田。"他是先说茫茫一片海，什么也没有，然后他说直遣麻姑，他说突然就有了，但是又没有了。用"直遣"和"可能"等语气几经转折都是用神话来写的。这是李商隐写诗的一个方式。

我们再来看李商隐的另外一首诗《昨夜》：

不辞鹎鴂妒年芳，但惜流尘暗烛房。
昨夜西池凉露满，桂花吹断月中香。

李商隐有的诗无题，有的时候有个题目，这首诗的题目就是用诗中的两个字，其实是相当于无题的。我们不敢说他是有题还是无题，我们是看李商隐能感知的心灵是如何，他能写之的艺术手法又是如何。"不辞鹎鴂妒年芳"，鹎鴂是一种鸟，《楚辞》里屈原说："恐鹎鴂之先鸣兮，使夫百草为之不芳"，我们担心春天百鸟都没叫的时候鹎鴂就叫了，鹎鴂如果一叫，百花就零落了，春天就要走了。可是现在李商隐却反过去说，就算鹎鴂鸟嫉妒一年的芳华，一叫就使得万紫千红都零落了，我也不辞，我不逃避不推辞，就算我年命短暂，就算百花零落，我也不害怕不恐惧。本来人就没有成为神仙的，本来人就没有不死之说，人都是要死的，不过有长短的区别，但是我不辞。这是李商隐，他总是深入几层。他不直接说人生短暂，而是说鹎鴂鸟嫉妒一年的芳华，鹎鴂一叫一年的芳华就流走了，他对于这种芳华的零落，对于鹎鴂鸟这么早就叫了，不推辞、不逃避。

可惜的是这个蜡烛的烛芯本来应该是光明的，却被尘土遮掩了，好像要灭掉了，不再明亮了。"但惜流尘暗烛房"，我最可惜的就是蜡烛还在，烛火还在燃烧，它让尘土遮蔽了，你就再也看不见烛光了，这才是悲哀的。人都是要死的，人生都是短暂的，但为什么就是这点光明不能让人看到呢？"昨夜西池凉露满，桂花吹断月中香"，昨天晚上我一个人守候在西池，而当夜深这么寒冷的时候，满池荷花荷叶上都是露水，在这样凄凉的景象中，我抬头望着天上的明月，传说月亮里面有一棵桂花树，桂花树应该是有香气的，我所盼望的就是闻到那月光之中的香气，可是就在"昨夜西池凉露满"的时候，"桂花吹断月中香"，桂花不是风没有办法吹断，桂花有香气，所以吹断的是桂花香。所以是在昨夜"西池凉露满"的时候，月中的桂花香被风吹断了。这就是说不但我内心的光明你看不到，我跟你之间的消息完全隔绝，连桂花的香气都吹断了。而且这种句法：桂花是不能吹的，你说桂花吹断，是吹断月中桂花香。

很多人都说李商隐跟杜甫看起来迥然不同。李商隐是缠绵悱恻的，有很多诗的情意都非常长远不能隔断，不能舍弃，一直不能够自已的，以为李商隐所写的都是爱情诗。那杜甫呢？杜甫是"致君尧舜上，再使风俗淳"，都是忠爱的。可是如果以诗学来说，学杜甫学得最好的就是李商隐，李商隐学杜甫有几种不同的方式：一种方式，就是表面学得很像，比如《行次西郊作一百韵》，那是完全模仿杜甫写人民的疾苦，这是正面学杜甫；另外一面，就是李商隐学到了杜甫艺术性的句法，就像这句"桂花吹断月中香"，这是杜甫的句法。

杜甫的《秋兴八首》最后一首有"昆吾御宿自逶迤，紫阁峰阴入渼陂"，下面两句就是"香稻啄余鹦鹉粒，碧梧栖老凤凰枝"。香稻是稻谷，没有嘴当然不能啄；"鹦鹉粒"，鹦鹉是只鸟，没有结成什么米粒。所以胡适之先生就说杜甫的《秋兴八首》不通。"碧梧栖老凤凰枝"，这也不通，碧梧是树，树没有脚，怎么能栖呢？凤凰是鸟，也没有树枝。所以他说杜甫的这几句诗肯定是不通的。那么倒过去说就对了，把鹦鹉倒过去，鹦鹉啄余香稻粒，再把凤凰倒过去，凤凰栖老碧梧枝，就通了。但是杜甫为什么要颠倒着写呢？诗人要颠倒去说不是无所谓的。"鹦鹉啄余香稻粒，凤凰栖老碧梧枝"，这是现实的。但杜甫的目的不在于写一个现实的鹦鹉吃香稻，他是要写唐朝的盛世，香稻的美好。在唐朝渼陂那里种了很多最好的稻米，香稻如此之多、如此之美，鹦鹉吃不了那么多。

再看这首诗，"桂花吹断月中香"，是桂花在月中的香被吹断了。像这种颠倒的句法就使得诗更浓缩，感情更密集，这是李商隐学杜甫的另一方面。除了内容形式表现忠爱、关心老百姓的一面，他的表现方法，句法、句式也是学杜甫的。

▲唐三彩划花孩儿枕。李商隐诗中曾有"宓妃留枕魏王才"的诗句

难解的《燕台四首》

在李商隐的诗里，有些我们以为他确实是写爱情的，比如说《无题》：

昨夜星辰昨夜风，画楼西畔桂堂东。

身无彩凤双飞翼，心有灵犀一点通。

隔座送钩春酒暖，分曹射覆蜡灯红。

嗟余听鼓应官去，走马兰台类转蓬。

释道源（1586—1657）

明末清初的僧人，平日禅诵之余，也喜涉猎外典，酷爱李商隐诗，故采集诸书为其作注解。李商隐诗旧有刘克、张文亮二家注，后皆不传，因此释道源算是始为作注者，王士祯《戏仿元遗山论诗绝句》所言"獭祭曾惊博奥弹，一篇《锦瑟》解人难，千秋毛郑功臣在，尚有弥天释道安"，即指道源的注。

"身无彩凤双飞翼，心有灵犀一点通"，这是写爱情的，但是很多貌似写爱情的不见得是写爱情的。比如说：

　　　飒飒东风细雨来，芙蓉塘外有轻雷。

　　　金蟾啮锁烧香入，玉虎牵丝汲井回。

　　　贾氏窥帘韩掾少，宓妃留枕魏王才。

　　　春心莫共花争发，一寸相思一寸灰。

　　"飒飒"是风声，从哪里吹来的风？以中国的地理位置，温暖的春风是从东方吹来的风。"芙蓉塘外有轻雷"，芙蓉是种的荷花，种着荷花的池塘外边有隐隐的雷声。这两句写的是春天的到来，是春心的惊醒，是东风细雨，细雨是滋生万物的，所以是把春天带来的；芙蓉塘外有轻轻的雷声，雷声把藏伏在地下的昆虫惊醒了。当你被惊醒的时候，当春天来的时候，大自然是飒飒东风细雨来，那

▲古村中的辘轳井

　　辘轳是安装在井上用来绞起汲水工具的器具。乡村中的辘轳非常普通，但若是大户人家的水井，却会在辘轳上雕有纹饰

么人呢？是"金蟾啮锁烧香入"。这是李商隐，文字非常密集。

当东风细雨来的时候，当塘外有轻雷的时候，女子在室内要烧香，烧香是很简单的事，但是李商隐怎么说烧香？它是一个金的香炉，香炉做成金蟾的形状，这个金蟾香炉还有一个盖子可以打开，可以盖起来，还可以锁住。你烧的这个香要放在金蟾形状的香炉里面，你要把它放进去然后再把香盖盖上，这是我们现实的解说。按照诗来说，你看他的用字，"金蟾"，贵重严密，"锁"本来是很严密的，"啮"是咬住，"入"是烧到内中深处。香是芬芳的，烧是热的。李商隐的诗效果是非常密集的。李商隐是用形象告诉我们，他说当东风细雨来的时候，女子烧香要把芬芳的香点得最热烈，放在金香炉里而且秘密地锁住。女孩子要打水，要汲井，是"玉虎牵丝汲井回"。玉虎是什么？取井水都要有一个辘轳，转着牵引着绳子来取水。如果是贵族的家庭，辘轳的纹饰也很精美，上面就雕刻了一个玉虎，辘轳一圈圈地牵引着绳子把井底的水打起来。

古人说"波澜誓不起，妾心古井水"，但李商隐却相反，他说我用那么珍贵的装饰有玉虎的辘轳，我牵了那么绵长的丝线，我要把井底的水打上来，把我热烈芬芳的感情珍藏在里面。这说的是什么？是爱情。什么样的爱情？"贾氏窥帘韩掾少"，说晋朝的时候有一个姓贾的小姐，偷偷在帘子后面看到她父亲手下有一个姓韩的年轻官员很漂亮，就生了爱意。这是女子看到有才色的男子而动情。"宓妃留枕魏王才"，"宓妃留枕"的传说《昭明文选》注上有，宓妃是甄宓，本来是袁绍的儿媳妇，后来曹操打败袁绍把她掠夺回来，之后嫁给了曹丕。据说曹植跟她有情，宓妃死了以后，曹丕就把她的一个玉缕金带的枕头留给曹植，这是传说，不见得可信。所以前面说的都是动情，从东风之来，轻雷的响起，从内心的芬芳热烈，我的感情的缠绵悱恻，既然是这样动情了，就要投注，投注就如贾氏找到韩掾，宓妃找到魏王。但他又说"春心莫共花争发"，你这多情之心不要跟着春天引出这个多情，因为天下没有一个多情是真的得到美好圆满的结果的，"一寸相思一寸灰"，因为每一寸相思最后都变成一寸灰。他说的是现实的感情还是超现实的感情，总而言之你的感情曾经被撩动，当东风细雨来，当塘外有轻雷的时候，而且你也曾经有"金蟾啮锁""玉虎牵丝"这么缠绵悱恻的时候，

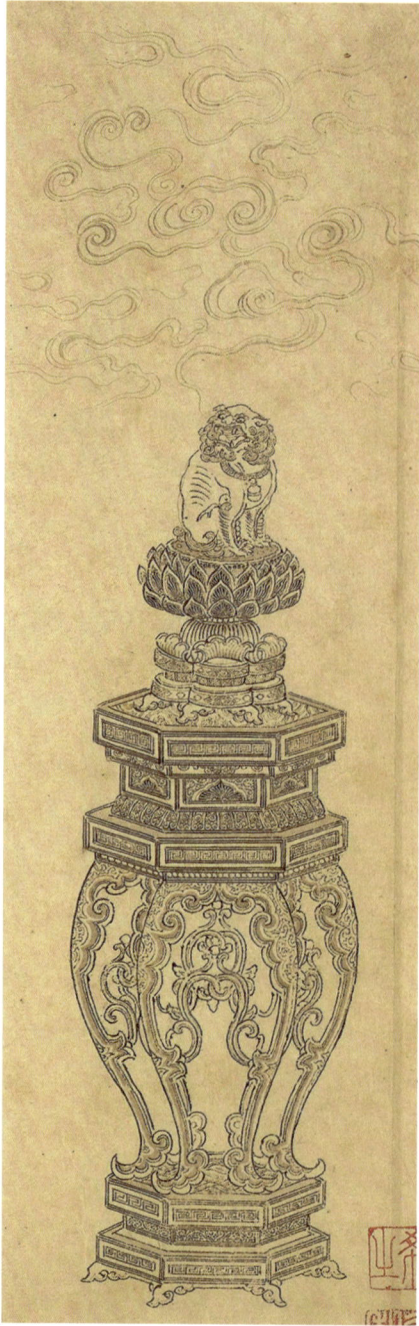

▲《维摩演教图》中所绘的狮子香炉

李商隐说你不要，你千万不要，因为"一寸相思一寸灰"。这是李商隐，你说他是写爱情，也可以；你说他是寄托，也可以。

现在我们再回来看《燕台四首》的《春》。很多年前我曾经写过一篇论《燕台四首》的文稿，文章的开头我写过几句话：我们怎么样解读迷人的诗谜——李商隐诗。第一，我们要证明李商隐的诗果然是迷人的，尽管我们不懂它，但是它吸引我们。我们再把《燕台四首》的第一首《春》先念一下，就知道它为什么吸引我们。

风光冉冉东西陌，几日娇魂寻不得。

蜜房羽客类芳心，冶叶倡条遍相识。

暖霭辉迟桃树西，高鬟立共桃鬟齐。

雄龙雌凤杳何许，絮乱丝繁天亦迷。

醉起微阳若初曙，映帘梦断闻残语。

愁将铁网罥珊瑚，海阔天翻迷处所。

衣带无情有宽窄，春烟自碧秋霜白。

研丹擘石天不知，愿得天牢锁冤魄。

夹罗委箧单绡起，香肌冷衬琤琤佩。

今日东风自不胜，化作幽光入西海。

唐代社会比起宋代，浪漫风气颇盛，男女间的界限较为淡薄，两性可自由社交和恋爱。唐代士人若沉醉于酒色，会被视为风流美谈，"狎妓""蓄妓""携妓"并未被认为不道德，反而是风雅之事，士人与妓女之间的交往成为感情生活的一个重要部分。唐代的妓女可分成公妓、私妓和家妓三类，其中以私妓与士人的交往最为密切。私妓多集中在长安、成都、扬州等大都市，其中不乏知书能言、多才多艺者，常与士人有诗歌相唱答往返。以长安为例，当时赴京参加考试的举子或者新及第的进士，都热衷到私妓集中地平康里狎妓，因而留下许多描写妓女的诗歌。还有一些女道士（女冠），虽以修道为名，实际上却是变相的私妓，也多与士人社交来往，相互酬赠诗歌，唐诗中就有不少是吟咏女道士的。另外，长安还有许多卖酒的胡姬，虽非妓女，但却类似酒女，咏胡姬的诗也留下不少。

我们只念这一首诗，其实四首都是非常美丽、非常香艳的，很吸引人，但是你不知道他说的是什么。其实不管《燕台四首》也好，《锦瑟》也好，历来的讲者、注解者都非常多，我们先引两首前人评李商隐的诗，一个是前面提到的元好问的《论诗三十首》：

望帝春心托杜鹃，佳人锦瑟怨华年。
诗家总爱西昆好，独恨无人作郑笺。

还有清朝王士祯的《戏仿元遗山论诗绝句》：

獭祭曾惊博奥殚，一篇《锦瑟》解人难。
千秋毛郑功臣在，尚有弥天释道安。

王士祯所谓"释道安"是用《世说》的典故，暗指明代末年的一个老和尚叫释道源的，以前据说注解过李商隐的诗，所以可见李商隐的诗很迷人，连僧人都替他做了注解。总而言之，李商隐的诗像谜语一样很难解的。可是它的美是很吸引人的。《燕台四首》它到底写的是什么呢？不管是《燕台四首》也好，不管是《锦瑟》也好，你到网上一查就是几十几百种不同的说法，所以我在多年前曾经写了论《燕台四首》的文稿。我是知其不可而为之，这是不可说的诗。我记得有一次我要讲《燕台四首》，一个朋友说你的老师说《燕台四首》不可说，你怎么破坏你老师的家法？我的老师顾随先生是说过《燕台四首》不能说。可我要讲怎么办？我说庄子曾经说过，"得鱼而忘筌，得意而忘言"。筌是竹篓，你抓到鱼就把竹篓扔了，你读书是要明白它的意思，意思明白了，语言也就不重要了。陶渊明也说"好读书不求甚解"。我说我这个人就很喜欢这样的读书态度，碰到我读懂的我就读，读不懂的我就放过去，所以我说我天性疏懒，喜欢自得其乐。可是有些时候我们不得不做一个网做一个筌，我们既然做不成网也做不成筌，也抓不到鱼，怎么办呢？我说我有一个办法，就是你自己亲自跳到水里，自己去抓一抓这个鱼，

◄唐代襦裙、半臂穿戴，半臂这种
服装样式早在初唐已出现

►中晚唐女服，又称"钿钗礼衣"

我不用竹篓，我去抓鱼。这个鱼我没抓着，但是我有一种感觉，我感觉到鱼的身体从我手指中间滑过去，我没有抓住它，但是我有一个非常真切的、亲切的感觉，这个鱼是从我的手指中间滑过去的。所以我说我讲《燕台四首》就是要体会一下这样的感觉。

但是我个人呢，虽然像庄子所说的"得鱼而忘筌，得意而忘言"，但我总不能一点也不考证，所以考证了一下，引了其他各种各样的说法。何焯说："四首实奇绝之作，何减昌谷？"昌谷是李贺，其实李贺是根本不能和李商隐相提并论的。李贺是个年轻人，有很敏锐的感觉，有很新奇的想象，但是在人生的阅历，在感情的深度上，李贺差李商隐千万里之远。我今天不讲《夏》《秋》《冬》，但是我有一本书——《迦陵论诗丛稿》，这本书里把这四首都讲了。钱良择说："语艳意深，人所晓也。以句求之，十得八九，以篇求之，终难了然。"你单独看一句，你懂了，但一整篇看，你反而不懂了。这是李商隐的一个特色。现在我们来试一试看《燕台四首》。

《燕台四首》是分成《春》《夏》《秋》《冬》四首来写的。我们现在只看《燕台四首》的第一首。那么《燕台四首》究竟说些什么？前人有不同的说法，有人说古人用"燕台"代表使府，节度使的幕府叫作燕台，他们认为这是爱情的诗，说一定是李商隐跟使府后房的姬妾有一段恋爱的故事。

第二种说他可能是在学仙玉阳的时候所写的,他所爱的这个女子是一个道士。这个女道士被人娶走了，所以诗中多引仙女故事。总之，有多种说法。另外还有跟《燕台四首》相关的一个故事是柳枝。我们刚才说这是迷人的李商隐的诗谜。

所谓"祓"（音 fú）指的是古代一种除灾祈福的仪式。古代民俗中，于三月上旬的巳日于水滨洗濯，以祓除不祥，清去宿垢，除灾求福，就称为"禊"（音 xì）。汉代以来每年三月巳日官民会到水边洗濯祓除，自三国曹魏之后，禊的日期不在上巳，而是固定在三月三日。王羲之有名的《兰亭集序》即提到"永和九年，岁在癸丑，暮春之初，会于会稽山之兰亭，修禊事也"。"祓禊"在唐代指的是上巳节，是三令节之一，日期仍在三月三日，当天人们虽已不到水滨洗去宿垢，除灾求福，但仍沿用了"祓禊"一词。唐代的上巳节会由官府拨专款，让百官择地玩赏为乐。每逢上巳日，长安城内的人会出城到曲江边游玩，全城沸腾，热闹非凡。在其他地方，上巳修禊也普遍进行，反映出唐人对于上巳节的重视。

第一个被李商隐的诗谜所迷的不是我们，是当时洛阳的一个女子。李商隐写了《柳枝五首》，我们说迷人的李商隐的诗谜，柳枝也没有完全懂，但是柳枝被他迷住了。

据《柳枝五首》诗的序言说，柳枝是洛阳的一个女子，她父亲很有钱，喜欢做生意，但是父亲做生意时遇风波在湖上淹死了。她母亲很疼爱她，"生十七年，涂妆绾髻，未尝竟，已复起去"，这个女子十七岁了还不会好好把头发梳整齐，她喜欢"吹叶嚼蕊，调丝擪管，作天海风涛之曲，幽忆怨断之音"，所以邻居以为她是断断嫁不出去的。有一天，李商隐的一个堂兄，下马在柳枝家的旁边吟诵《燕台四首》的诗，柳枝听到，就问："谁人有此？谁人为是？"这两句话问得真是好，真是看到这个女孩子动情之处。

▲唐代钿头钗子

▲唐代花钗与钗首。从唐代流行的各种钗式来看，不难想象李商隐诗中"高鬟立共桃鬟齐"，仕女头饰上那一片美丽的装饰风尚

▲唐 周昉 《簪花仕女图》（左半）

　　画面描绘仕女们的闲适生活。她们在庭院中游玩，动作悠闲，有
人拈花、有人散步，有人戏犬，充分表现了唐代贵族仕女的生活情景

▲唐 周昉 《簪花仕女图》（右半）

　　周昉出身官宦之家，擅画人物，画作多半呈现富丽之气。唐末画评家朱景玄曾说："周昉之佛像、真仙、人物、仕女等画，皆属神品。"

谁人有此者，谁人有此情。什么人能有这样的感情？我们读李商隐的诗真的不得不问是谁人有此情？谁人为是者，是什么人能写出这样的诗篇？于是堂兄让山就告诉她说，"此吾里中少年叔耳"。于是"柳枝手断长带"，打成一个结，请让山约李商隐来相见。第二日，李商隐就和让山并排骑着马到柳枝的家门口，柳枝这天把头发梳得很整齐，"丫鬟毕妆，抱立扇下，风鄣一袖，指曰：'若叔是？'"说这是那个作诗的人吗？说"后三日，邻当去溅裙水上，以博山香待，与郎俱过"。说三天以后我们有一个祓楔的节日，她说我要烧一炉博山香等着你来。可是，李商隐的行李被偷走了，李商隐没有办法就跟朋友走了，所以他三天之后就跟柳枝失约了。等到冬天下了雪以后，他的堂兄让山来见他，李商隐问起柳枝，他说柳枝已经被人娶走了。第二年，让山又回到中原来，然后他们相别，就把这个诗题到他们当初见面的地方。这段故事是最早记载被李商隐的诗谜迷惑的一个女子。

我们再来看《燕台四首》的第一首《春》。我们说能感知能写之，不是说你写的本事是什么，而是你能感知的心灵是什么。不是说你写的事情是什么，不是说你写的人物是什么，而是你的心灵是什么。是"谁能有此"，什么人能有这样的心灵。写春天你怎么写，是万紫千红、花红柳绿？李商隐写的春天是"飒飒东风细雨来"，是一种春天的来法；"风光冉冉东西陌"，是又一种来法。不说春光，说风光冉冉。风是会吹动的，光是会闪烁的，风光两个字都带着流动和闪烁。春天天上的流云，树上的微风，光影的闪动，"风光冉冉"。东边的小路，西边的小路，到处是春天，到处是冉冉的风光。

在这样美丽的春天，我们刚才说如果是"飒飒东风细雨来，芙蓉塘外有轻雷"，女子就想起"贾氏窥帘韩掾少，宓妃留枕魏王才"。你不是要追寻一个人吗？所以当风光冉冉东西陌的时候，他说我要找一个"娇魂"。他不说找一个娇人，而是一个"娇魂"。有的人就是有形体却没有灵魂，所以得看真正内在的最纯真的那个本质。"风光冉冉东西陌，几日娇魂寻不得"，寻不得你就放弃了吗？没有，"蜜房羽客类芳心，冶叶倡条遍相识"，"蜜房羽客"是谁？就是只蜜蜂。他说蜜蜂就像追求爱情的芳心，我如果不追寻则已，我要追寻起来，是一定要找到我所爱的那个娇魂的，每一片叶子、每一个枝条我都要找到。在我找寻的时候，我好像看见，"暖霭辉迟桃树西，高鬟立共桃鬟齐"，就在那温暖的光影迟迟地照在桃树的西边，光影在西边就是黄昏，哎呀，我好像看见我所要找的那个女子，"高鬟立共桃鬟齐"，就在那棵桃树的旁边有一个女子站在那里，女子头上的发鬟跟桃树上的桃枝同样高。想到桃树就像一个插着桃花的女子在那里站着，这是李商隐的想象，是虚假的，不是一个真的女子，是朦胧之中好像看到"高鬟立共桃鬟齐"。

▲唐代银香球

　　唐代因与西域诸国往来发达，因此域外输入的香料与焚香便成为贵族流行的时尚。当时贵族盛行以香料熏衣，并在袖中挂上香球，甚至连沐浴都以香料入浴，可见焚香习俗之盛

"雄龙雌凤杳何许，絮乱丝繁天亦迷"，本来我们说龙凤呈祥，龙凤是应该成为配偶的，雄的是龙，雌的是凤，而雄龙雌凤在哪里呢？天下果然有一个美满的可以寻到所爱的对偶吗？可是"雄龙雌凤杳何许"，根本找不到。"絮乱丝繁天亦迷"，在缭乱的柳絮之中，天若有情天亦老，连天都为此而痴迷，茫茫一片找不到你所爱的人。"醉起微阳若初曙，映帘梦断闻残语"，你喝酒喝得沉醉了，刚刚睡起来，窗上有一点点的斜阳。他说这个斜阳若初曙，是一个喝醉的人，看到窗上有一点光影，本来应该是黄昏的斜阳，但他以为是天刚刚亮。"映帘梦断闻残语"，就是那个光影照在帘上，他在梦中都梦到那个女子。微光照在帘子上，我好像还听到梦中我所爱的人跟我的谈话。

　　"愁将铁网罥珊瑚，海阔天翻迷处所"，我真的要把我所爱的人找到，就算她沉到海底我都要把她捞起来。我怎么样捞起来？你知道怎样才能得到这个珊瑚？是你要织一片铁网铺在海底，珊瑚就从网的空隙之中穿网而出，所以这个珊瑚长在铁网之中，用一个机器把这个铁网绞上来，才能把珊瑚拔出来。所以我就希望有一个铁网把珊瑚网住，然后把它取上来。就算我有一个铁网，就算我有力量把它取上来，可是李商隐写得很悲哀，他说我是希望把娇魂找到，但是一直没有找到。但我好像一直听见她的声音，好像一直看见她。她就像是珊瑚沉在海底，我要像绞珊瑚的人把沉在海底的她找出来。但是我虽然要把铁网投下去，"愁将铁网罥珊瑚，海阔天翻迷处所"，我就算织成了一个铁网，要把我的爱人网上来，但是大海茫茫我知道我所爱的珊瑚在哪里吗？我知道要把铁网投在哪里吗？

　　就在这种失落之中，在这种相思怀念之中，"衣带无情有宽窄"。衣带是最无情的，当你消瘦它就会告诉你，由窄变宽。"春烟自碧秋霜白"，你经过了春天，看过春天的春烟，你经过秋天，看过秋天的霜白，但是春烟和秋霜关心你吗？它们自碧自白与你无关。"研丹擘石天不知，愿得天牢锁冤魄"，他说我好像是一块丹砂，古人说"丹可研也，而不可夺赤"，丹可以研碎，但是也不会改变它的红色。"石可以破，而不可夺坚"，石头可以分成两面切断，但是石头的坚硬本质不会改变。他说我要追寻春天那一缕娇魂，我要把我的丹砂都研碎，把石头都锤裂，我这样的追寻、这样的勤苦，上天都不知道。"愿得天牢锁冤魄"，我

▲唐代仕女陶俑，现藏于西安陕西历史博物馆

▲ 宫女壁画。唐代永泰公主墓出土

真是愿意把我这满怀冤愁的魂魄锁在天牢之中。

"夹罗委箧单绡起，香肌冷衬琤琤佩"，等夏天来了，夹的衣服就放在箱子里，把单的、丝的、薄的衣服拿出来，如果是一个女子穿上这样轻柔的纱质衣服，配上那真正的佩环，应该还是很美丽的，可是我还没有找到。"今日东风自不胜，化作幽光入西海"，他说现在春天已经走了，今天的东风已经没有力量了，没有力量给我再一次的机会，没有力量真的把那个娇魂找到，那么所有追寻的失落、悲伤、幽恨就变成幽暗的光，也是悲哀的光，因为是东风吹送来的，所以是向西海流逝去了。

怀才不遇的诗歌

现在我要说了，《燕台四首》写的是什么？是写恋爱的故事吗？是写他跟使府的女子恋爱的故事吗？都不是。因为当他这首诗写好以后，他的堂兄曾经在洛中里巷吟诵这首诗，然后他的朋友把他的行李拿走了去考试。这是他考中科试以前，是年轻的时候写的，没有跟使府后房约会的事情。

那么"燕台"是什么？这是当年《战国策》上写的一段故事，说燕昭王筑了一个高台，叫作"黄金之台"，用来招揽天下的贤士，所以你看李太白说"谁人更扫黄金台？行路难，归去来"，所以黄金台是选拔人才招揽贤士的地方，又叫作燕台。而李商隐写这个作品的时候，正是接连几次考试都没有考上的时候，所以我以为他所写的是他内心之中，对于他的理想，对于他的才华，希望能够有所投注的向往。天下有像燕昭王那样的人吗？我李商隐能够有此遇合吗？他要写的是自己怀才不遇。

太和九年，李商隐春天的时候应试，那已经是他第三次考试没有考上，而在那一年的十一月发生了甘露之变。什么是甘露之变？我一开始就说了，李商隐经历了宪宗、穆宗、敬宗、文宗、武宗、宣宗六个朝代，国君的生杀废立，连宰相的生杀废立都是出自宦官的。所以李商隐有非常好的才华，却陷落在那个腐败堕落的晚唐政治圈套之中，而且他陷落在牛李党争之中。人有幸有不幸，有的人生来就有很好的运气，一帆风顺；有的人生来就不幸，你看李商隐不但从小父亲就去世了，过那么贫苦的生活，即使有人欣赏他也遇到很多波折。令狐楚欣赏他，他刚考中进士，令狐楚死了；王茂元欣赏他，但他很快就陷入牛李党争之中，而且后来王茂元也死了；崔戎欣赏他，但崔戎第二年就死了；桂管观察使郑亚欣赏他，他到了桂州，然后郑亚马上就被贬了。他所有投奔的府主没有一个能够长久任用他的，所有欣赏他的人也没有一个能够长久维护他的。所以李商隐死后，他的一个朋友崔珏写了一首诗——《哭李商隐》：

虚负凌云万丈才，　一生襟抱未曾开。
鸟啼花落人何在，　竹死桐枯凤不来。
良马足因无主踠，　旧交心为绝弦哀。
九泉莫叹三光隔，　又送文星入夜台。

　　李商隐真是很有才华的一个人，但他的一生真是挫折苦闷，而他又有非常独特的表现方法。最后我可以介绍在我的书《迦陵论诗丛稿》中，我将《燕台四首》整篇都讲了，而且在文章的最后我还跑了一个野马，我把李商隐跟犹太裔的捷克小说家弗兰兹·卡夫卡（Franz Kafka）做了一个比较。我认为他们在心灵的最深处，在表达的某种方式上有相似之处，虽然他们的年代相隔千年之久，而且一个在中国，一个在捷克。

◀清 高凤翰《自画像》

　　此画作于 1727 年，当时高
凤翰正处于人生的转折期，他
对仕途不热衷，但对当时的社
会现状很不满，应试做官可能
是因为生活所需，因此这幅自
画像便是高凤翰心境的写照。
画家坐在陡崖峭壁间，望向险
峻的山石与汹涌的江水，以此
暗示人生与仕途的艰辛。高凤
翰的心境，正是中国历代文人
共同的抒发，对比李商隐一生，
更令人感慨

故事绘图

《燕台四首·春》

阮筠庭

出生于浙江省杭州市，曾获"第三届中国连环画奖"最佳彩色插画奖、"中日青少年漫画交流展"大奖，作品有《绘羽》《画夜》《月亮短歌》等。

风光冉冉东西陌，几日娇魂寻不得。

蜜房羽客类芳心，冶叶倡条遍相识。

暖蔼辉迟桃树西，高鬟立共桃鬟齐。

雄龙雌凤杳何许，絮乱丝繁天亦迷。

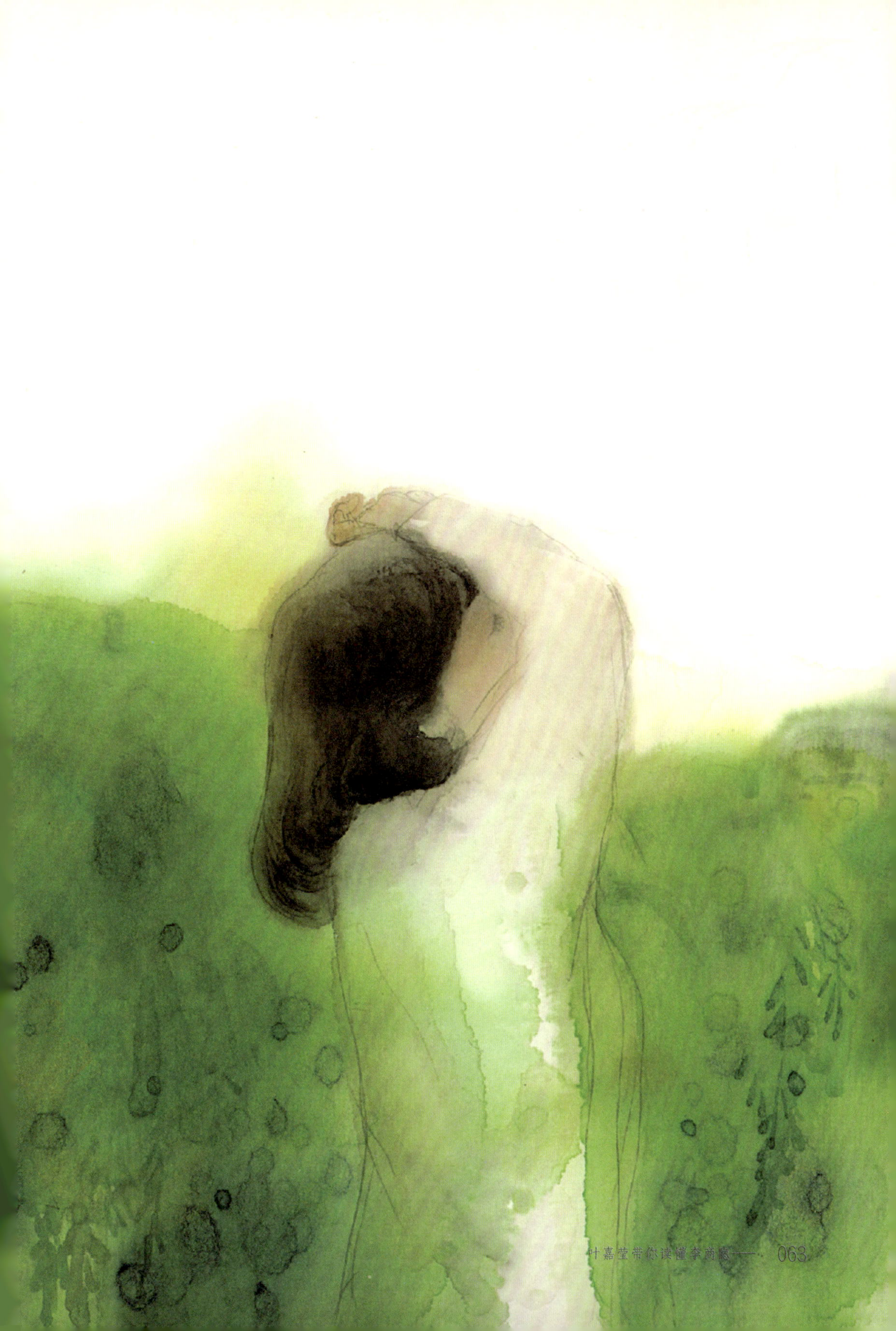

——情深辞婉诗成谜

醉起微阳若初曙，映帘梦断闻残语。

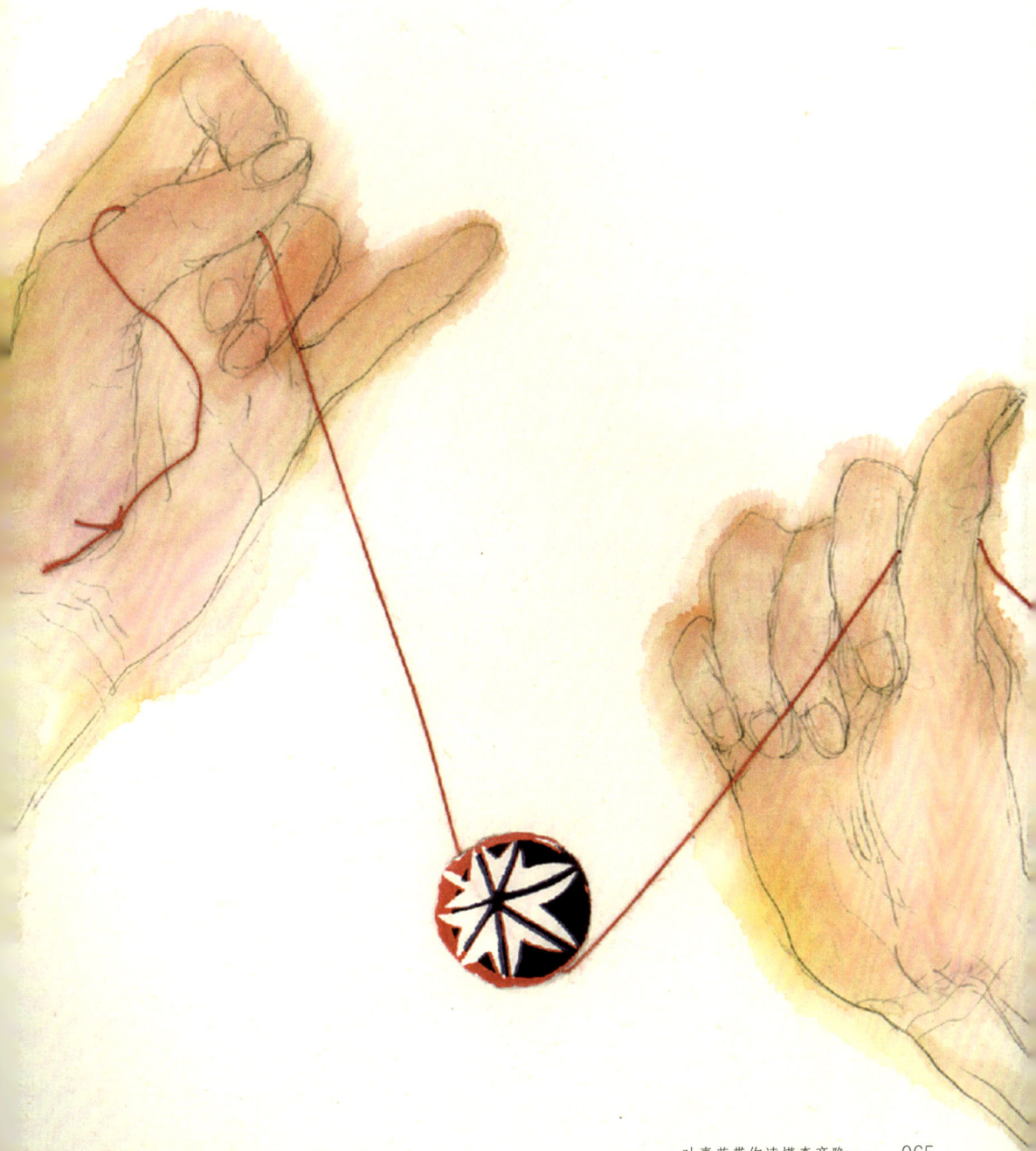

愁将铁网罥珊瑚，海阔天翻迷处所。

衣带无情有宽窄，春烟自碧秋霜白。

研丹擘石天不知，愿得天牢锁冤魄。

夹罗委箧单绡起，香肌冷衬琤琤佩。

——情深辞婉诗成谜

今日东风自不胜，化作幽光入西海。

原典导读

谈李商隐诗的艺术魅力及其欣赏途径

李商隐 原著

叶嘉莹 解析

繁星璀璨的唐代诗空中，除了李白、杜甫之外，还有一颗放射着神异凄迷之光的明星，那就是李商隐。虽然他没有李太白的飞扬不羁，也没有杜少陵的博大深厚，但他所特有的那一片幽微窈眇、扑朔迷离的心灵之光，在参横斗转、月坠星残的迢迢银汉中，无疑也是一种前无古人的永恒！他的神奇绚烂如同"夜月一帘幽梦"，他的缠绵悱恻恰似"春风十里柔情"（秦观词句）。尽管千百年来，在对最能代表李商隐特色之诗篇的认识上，几乎无一不存在着分歧；尽管古今评说者异口同声地公认他的诗难懂、更难解；尽管你对他所写的背景和用意一无所知，一无所懂，但你仍能被他感性上的直觉魅力所吸引，所打动，这就是李商隐诗的最大成功之处。我们不妨先以他的两首小诗为例，来体味一下他留给你的直觉印象和感受。

▲ 唐 周昉 《簪花仕女图》（局部）

李商隐诗用典繁多且华美无比，尤其对于妇女形象及唐代物品着墨颇深，幽婉之中带有迷人的美感

丹丘

青女丁宁结夜霜，羲和辛苦送朝阳。

丹丘万里无消息，几对梧桐忆凤凰。

瑶池

瑶池阿母绮窗开，黄竹歌声动地哀。

八骏日行三万里，穆王何事不重来？

    李商隐诗的题目有许多是取于本诗中的某两个字，对这种题，你懂不懂都没有关系。"丹丘"与"瑶池"都是神话中神仙的住处，它们所象征的是完美而崇高的理想境界。传说"青女"是天上主霜的女神，"羲和"是管理太阳的男神。《丹丘》所写的是：青女以叮咛专注，无限深切的关爱之情，竭尽全部心力才凝结起那美丽晶莹的霜花；羲和不辞艰辛劳苦，日复一日地驾着日车奔波往来于东西之间。这种不分昼夜、不分男女、千般叮咛、万般辛苦地对于美丽与光明的追求向往，其结果如何呢？不要说寻到神仙之地的丹丘，连丹丘的消息都没能寻到。假如换了别人，没有寻到，把它放弃就是了，可李商隐的无可奈何就在于他不肯放弃，他仍然还在"几对梧桐忆凤凰"。《庄子》上说，凤凰非梧桐不栖，而梧桐树也只有凤凰才配栖息，因而凰落梧桐便成了美满遇

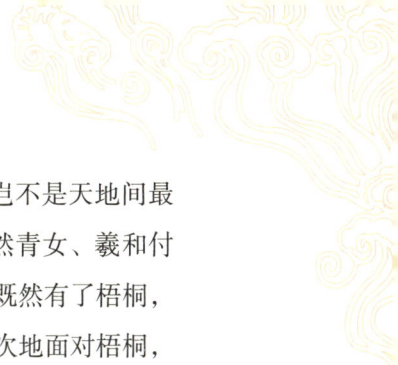

合的象征，而今梧桐虽在，凰鸟却不至，这岂不是天地间最大的缺憾！所以李商隐怎么也不会甘心，既然青女、羲和付出了这样的心力和体力，怎么就没有结果呢？既然有了梧桐，怎么就没有凤凰呢？为此他要期待，他要无数次地面对梧桐，翘首企盼着凤凰的到来⋯⋯

《瑶池》一诗用了周穆王求神仙的典故。《穆天子传》载，周穆王想求长生，曾驾八骏去瑶池见西王母，途经黄竹时看到漫天大雪之中，遍地都是冻饿而死的人，他于是就作《黄竹歌》以哀之。李商隐袭用这个典故的本意，进而想到那位住在瑶池的西王母如果真像"阿母"一样慈祥亲切，关怀抚爱人间的生灵，那她一定会敞开通往人间的"绮窗"，那么天下人间的苦难也一定会随着"黄竹歌"传入"绮窗"，感动她慈悲的心肠，唤起她深切的母爱。倘若真有这样的瑶池，真有这样一位神仙"阿母"，那么凭周穆王那"日行三万里"的八骏，肯定会到达瑶池，找到阿母，解救天下百姓脱离苦海的。可事实上周穆王却为什么没有再来呢？

这两首小诗使我们感到李商隐所追寻的理想境界确实是崇高而完美的："丹丘""瑶池"，多么崇高神奇！"凤凰""绮窗"，多么遥远绚丽，然而这一切竟都是虚无缥缈的，如果真有"丹丘"和"凤凰"，为何诗人终生都没能寻到，而只能在臆想之中向往呢？如果真有"瑶池阿母"，真有"绮窗""八骏"，为什么神仙的境界就再也不能到达呢？为什么直到李商隐的时代，天地人间还沉浸在痛苦悲哀之中呢？其实李商隐并非不晓得这一切都是虚幻的，可他就是不甘心放弃，就是要怀着无限悲哀的痴情，苦苦地渴望和期待着。读李商隐的这些诗，即使你不知道他所追寻的究竟是什么，他的言外之意指什么，仅他那种怅惘哀伤、缠绵悱恻的感情形象本身，就足以在直觉上打动你，使你不由得被那难以言状的悲怆之美所震撼、所吸引。同时也正因为你难以用理性去解说，难以用指实的框子来圈定，因而它带给你的感动和联想才是自由和无限制的。那么李商隐为什么会有这种怅惘哀伤的感情，又怎么会写出这样窈眇隐晦的诗作来呢？这就是他所经历的时代、家境以及本人性格、遭遇等多方面因素结合的结果了。

李商隐所经历的唐代，已到了一个急剧下滑的陡坡上，任何力量也阻挡不住它注定倾覆的惯性。李商隐在短短四十六载的生命里程中，曾目睹了宪宗、穆宗、敬宗、文宗、武宗、宣宗六朝的更替。这正是唐代的多事之秋，外有藩镇割据，内有宦官专权，加之大臣之间的朋党争斗，因此形成当时朝中帝王之生杀废立尽出于中宫（太监），朝士之进退黜升半由于恩怨的局面。历史上有名的"甘露之变"，使李商隐深为唐文宗"受制于家奴"以至于"运去不逢青海马，力穷难拔蜀山蛇"（《咏史》）的处境而痛惜。此外更令人痛惜的，还在于诗人的不幸身世和遭遇。史籍中记载，他少小孤寒，八九岁丧父，十二岁就作为长子而担负起养家的责任。为此他曾刻苦读书，除欲求得仕宦的因素外，李商隐还是一个关怀国计民生，有理想、有见解的有志之士。不幸他科场不利，几次应考皆未登第。直到他二十六岁那年，才因令狐楚、令狐绹父子的推荐考中进士。就在这一年的冬天，他写了《行次西郊作一百韵》的著名长诗，诗中描绘出当时民间的荒凉景象，"高田长檞枥，下田长荆榛。农具弃道旁，饥牛死空墩。依依过村落，十室无一存"。指出了当时政纲紊乱的弊端在于"中原遂多故，除授非至尊，或出幸臣辈，或由帝戚恩"；"巍巍政事堂，宰相厌八珍。敢问下执事，今谁掌其权？疮痍几十载，不敢抉其根"。最后诗人陈述自

己的愿望说，"我愿为此事，君前剖心肝。叩头出鲜血，滂沱污紫宸。九重黯已隔，涕泗空沾唇"，表现出深挚强烈的想要救国救民之愿望。就在他写此诗的次年，他又去参加博学宏词科的考试。当时他本已被吏部录取，当他的名字上报到中书省时，却由于中书长者说"此人不堪"，遂又落选。李商隐为何会令中书长者感到"不堪"呢？这之中有两种可能，首先不能排除他当时既受知于令狐氏（牛僧孺党人），又娶了王茂元（李德裕党人）之女为妻的事实，这被当时朋党交争、各执一见的官场视为背恩之举；此外更重要的，还可能在于李商隐的这首长诗触犯了当权者的忌讳。因此以李商隐那一份执着多情、幽微善感的天性，他既要追求"欲回天地入扁舟"（《安定城楼》）的理想境界，又要保持"一生无复没阶趋"（《任弘农尉献州刺史乞假归京》）的高尚气节；既不能忘怀令狐父子的知遇之恩而与之断绝来往，又不忍伤害与爱妻、岳父之间的亲情关系；再加上他写的那些政治诗所招来的许多麻烦，这一切都注定了他在感情上将终身陷在进退两难的矛盾旋涡中难以自拔。在政治作为上，他更是失意，一生穷困漂泊，先后数次为人做幕僚（给地方军政长官当秘书），从未有过施展才志的机会。翻开李商隐的文集，可以看到，他十之八九的文章都是给人家做书记时留下的。以这样才学卓越的有志之士，却一辈子都浪费在写那些无聊的应酬文字上，这实在是人世间最大的遗憾和悲哀。正是这种"虚负凌云万丈才，一生襟抱未曾开"（崔珏《哭李商隐》）的终生憾恨与他"古来才命两相妨"（《有感》）的种种遭遇，才使李商隐的诗风染上了那些怅惘哀伤、凄迷晦涩的情调。下面我们来看他一首最有名、也是最难懂的诗：

锦瑟

锦瑟无端五十弦，一弦一柱思华年。
庄生晓梦迷蝴蝶，望帝春心托杜鹃。
沧海月明珠有泪，蓝田日暖玉生烟。
此情可待成追忆，只是当时已惘然。

　　这是李商隐作品中后人分歧最大、争议最多的一首诗。有人说是爱情诗，有人说是政治诗，有人说是悼亡妻的，有人说是泄积怨的，有的说此一句指令狐绹，彼一句指李德裕……真可谓"一篇锦瑟解人难"。我认为还是应该抛开各种成见，先从诗篇本身所使用的典故、形象、结构、口吻，去体会它给予我们的直觉感受。李商隐诗难懂的另一重要原因，还在于他频繁地用典，因此读他的诗，首先要弄清他诗中典故的本来意义。

　　"锦瑟无端五十弦"句中就用了《史记·封禅书》中的一个故事，上古时"太帝使素女鼓五十弦瑟"，瑟这种乐器发出的声音本来就是低沉哀婉的，再加上它的弦有五十根之多，所奏出的乐曲就更是繁复曲折、忧郁悲怆了，所以每次奏瑟，都令太帝泣不可止，后来太帝实在无法忍受这么沉重的哀痛，就"破其瑟为二十五弦"。李商隐用此典故的重点在于"无端五十弦"之上，一般乐器有四弦的琵琶、五弦

或七弦的琴、十三弦的筝，你"锦瑟"为什么偏偏比别人多出这么多根弦来？你李商隐为什么偏要比别人的情感更敏锐纤细，更幽微抑郁？孰令为之，孰令致之？是"无端"而然，无缘无故，生来如此，无可奈何的！这是美丽珍贵之"锦瑟"与生俱来的悲哀，也是才情华美之李商隐命定的悲剧！所以下面的"一弦一柱思华年"便过渡到诗人对自己悲剧年华的追忆。由于"锦瑟"之弦与诗人之心弦是同声相应、互为应和的，那么锦瑟上每一根弦所发出的声响，都自然会引起诗人心灵的波动和震颤，于是诗人触绪伤怀，引出了对平生感情经历与生命遭遇的追溯和回忆。

"庄生"两句所忆及的是诗人华年之中的感情经历。首先他用了《庄子·齐物论》中的典故：庄子有一天梦中变成了蝴蝶，但梦醒之后，发现自己还是庄周，于是他茫然不知是蝴蝶变成了庄周呢，还是庄周变成了蝴蝶。庄子的本意是要表现齐物的哲学思想。但李商隐的用意不在"齐物"上，他只是借典发挥，沿着"梦为蝴蝶"这个美丽的形象思路，再加一"晓"与"迷"字，使之又翻出一层新意：梦是理想的象征，蝴蝶又是永远追寻着鲜花的，这里都蕴含着对于美好理想与情感的追寻和向往。李商隐于"梦"前加一"晓"字，意在突出强调那是一场破晓之前很快就要破灭的残梦。"迷"字的重点则在于衬托蝴蝶之梦的美好。梦越是美妙、香甜，就越对之执迷痴狂、流连忘返。这一句完整的意思是：我曾有过执迷痴狂的梦想，而且这梦幻有如蝴蝶一般美丽蹁跹，但没料到我这一份如痴如狂的热情和希望，竟会在这么短的时间内，这么轻易地就毁灭了。现实中李商隐所追求的、所梦想的究竟是什么呢？其实无论是什么，他都不妨有这种追求的感情！

接着，"望帝春心托杜鹃"又用了望帝魂化杜鹃的典故：古时蜀地有一帝王名杜宇，号称望帝，他曾因一失足，铸成失位、失国的千古憾恨而终生陷于愧疚自责之中。死后他的灵魂化作杜鹃鸟，每到春来，杜鹃鸟就不住地鸣叫，其啼声酷似"不如归去"，而且直啼得泣血为止。这里李商隐除了袭用望帝死后仍难摆脱对旧情故国的牵念之情以外，且在"望帝魂托杜鹃"的典故中间加上"春心"二字。"春心"在中国传统诗歌中所代表的，是一种浪漫而热烈的感情的萌动，但由于对这样一种美好感情的追求，常常要伴随着许多痛苦悲哀，所以李商隐在一首《无题》中说道："春心莫共花争发，一寸相思一寸灰。"李商隐的悲哀正在于他明知春心会寸寸成灰，却偏偏还要"春蚕到死丝方尽，蜡炬成灰泪始干"。尤其是当诗人的这份"春心"一旦加之于"望帝魂托杜鹃"的固有意象之上，遂又有了更深层次的寓意：与花争发的春心托情于"春蚕""蜡炬"，这份至死方休的执着已弥足感人了，更何况这"春心"竟又寄托在至死不休的"望帝"与"杜鹃"之上呢？

从"晓梦"到"春心"，从"迷蝴蝶"到"托杜鹃"，随着李商隐低回婉转、幽隐哀怨的心弦的拨动，那些旧情如梦、憾恨无穷的华年往事被重新唤醒，联想到命途多舛、浮生如萍的遭遇，诗人禁不住触绪伤情。

"沧海月明珠有泪，蓝田日暖玉生烟"的前两句，"庄生""望帝"都是从人说起的，这两句的"沧海""蓝田"

则是从景物上说的。景就是"境"，就是境遇和遭际，如果说前两句是诗人内心感情经历的象喻，那么这两句所象喻的，则是诗人外在的环境和遭遇。"沧海"一句是三个典故的结合。李商隐诗不仅喜欢用典，而且也善于用典，有时他是直接用典故的原意，有时是借典发挥，翻用新意。这句他是把几个相关的典故结合在一起连用。首先用了蚌珠的典故：中国古籍中记载，月满则珠圆，月缺而珠虚（空），只有当夜明月满之时，你才能采到圆润美满的珍珠。所以"沧海月明珠有泪"的第一层用意是说，海上月满，海蚌珠圆（这是典故上说的），而且这明珠还含着晶莹的眼泪（这是李商隐加上去的）。珍珠是美丽的，泪滴是悲哀的，为什么天下那些最美好的事物总要伴随着悲哀呢？而且是在"沧海"这如此广漠荒凉之中的悲哀！于此又有了第二个典故，即"沧海遗珠"的联想：珠宝的价值就在于有识货的人把它当作珠宝来珍惜和赏爱，而事实上那些采珍珠的人却往往把最美好、最明亮的珍珠遗漏在茫茫沧海之中，如果真有这样一颗被遗弃的、永远得不到知赏的珍珠，它又怎么能不"珠有泪"呢，这就又引出了第三个典故：传说大海中有一种"水居如鱼"的鲛人，她哭泣时，能够泪落成珠。"珠有泪"说的是如此珍贵美好的事物却充满了凄凉悲哀；"泪成珠"是说如此沉痛悲哀的情感竟具有美好珍贵的价值；一个是美丽而且悲哀的，一个是悲哀然而美丽的，这美与悲、悲与美所构成的种种意象，岂不正是李商隐其人、其诗，与其不幸的身世境遇相结合的浓缩概括吗？

下句中的"蓝田"，是长安附近以盛产玉石而闻名的一座山的名称。这首诗不但每一句都表达了一个完整的意象，而且形象与形象之间还具有相得益彰的对比效果。"沧海"是海，"蓝田"是山；"月明"是夜晚，"日暖"是白天。在"沧海月明"的凄凉孤寂之中，诗人曾有过"珠有泪"般美好而悲哀的感情经历，那么在"蓝田日暖"这样温暖和煦的环境里，诗人的境遇又是如何呢？古人说"石蕴玉而山辉"。所谓"玉生烟"这里可能有两种寓意：一是把玉当作可望而不可即的追寻对象，欲采而不得；另一种是以玉自比，言其由于无人开采，因此当日光照射在玉石之上才焕发出凄迷朦胧的烟光。不管是要采而不得，还是有玉无人采，总之都是蕴藏与采用相违反、相悖逆的不幸际遇。

纵观诗人一生的身心经历，他曾有过梦迷蝴蝶的美妙幻想，可那终归是残更晓梦，转瞬即逝；他曾竭力控制压抑自己的满怀春情，可那"春心"非但不死，还附魂"望帝"，托情"杜鹃"；他晶莹美丽如沧海明珠，但不幸竟被采珠者遗落在苦海苍茫之中；他玲珑珍贵如蓝田宝玉，却幽闭埋没于岩石层中，凄然散发着渴求与无奈的迷雾灵光……诗的结尾总结道："此情可待成追忆，只是当时已惘然。""此情"指的即是从"庄生"到"蓝田"这四种不同的身心境遇。对于这种种感情的经历与遭遇，难道一定要等到今天追忆它的时候，才觉得它们是怅惘哀伤的吗？清朝人写过两句词："当时草草西窗，都成别后思量。"人生有许多感情是在失去之后，才认识到它的意义和价值的，但李商隐不是，他在"当时已惘然"了，"惘然"是一种怅惘哀伤、若有所失、若有所寻的感情，这是一种人之常情，每个人都有过追寻和失落的

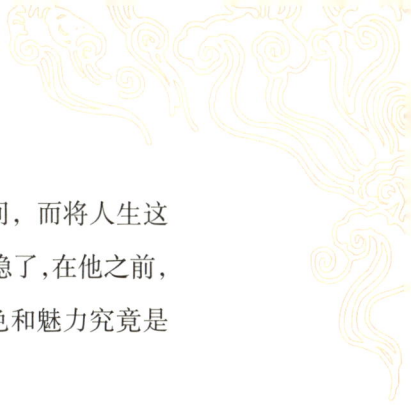

感受，人生就徘徊在这追寻与失落的情感之间，而将人生这种感情境界表现得最深切感人的，莫过于李商隐了，在他之前，没有人能写出这样的诗来。那么李商隐的特色和魅力究竟是什么呢？

　　概括地说，李商隐的诗最突出的特色，就是用理性的章法结构来组织非理性的、缘情而造的形象。如这首《锦瑟》，前两句在结构上具有起承的作用，中间四句排列了四种情、境的形象，最后两句是全诗的总结和收束，具有转合之妙。这种理性与非理性的结合，使你产生似懂非懂的印象，它的起承转合、条理层次与情绪口吻，都使你感到完全可以理解；而"晓梦迷蝴蝶""春心托杜鹃"，以及"沧海珠有泪""蓝田玉生烟"等超现实、超理性的形象，又给你一种不可理喻的、朦胧的美感，并在打动你的同时，带着一种不可知的吸引力。从心理学上讲，人们对事物的认知都是"贵远而贱近"的，对某一事物的了解如果到了一览无遗的程度，那它就不再具有吸引你的力量了，只有那些你看得见、摸得着却猜不透的，似懂非懂的，似曾相识又不曾相知的事物，对你才有魅力，才能诱发你的好奇心。"魅"字之所以从"鬼"部，就在于它具有一种神奇而不可知的，非人之理性所能控制的强大吸引力。李商隐的《锦瑟》《燕台四首》《无题》等诗，就具有这样的艺术魅力。对于这些完全诉诸感性的，完全凭心灵感受的触动而写成的诗篇，原本是不可以有心求的。所以要想欣赏李商隐的诗，首先应当具备一颗与诗人相类似的心灵，用"心有灵犀一点通"的直觉感受，收集他留给你的能够感受而却难以言说的印象，凭借这些印象所组织起来的感觉线索，去逐渐深入地体会他那"才命两相妨"的抑郁悲伤；去探索他幽微窈眇的心灵迹象；去沟通他朦胧凄迷的神致思路；去分享他如梦如幻的追寻向往。而不应带着某种固有的成见，用完全猜谜的方式去测验它，其实就算你能机智取巧地猜对了，也仍然不是正当的欣赏之道，因为你所猜中的部分，不过只是诗中所蕴含的那份直接感动你的素质的一部分在起作用，如果你把这属于诗歌本身的兴发感动之因素完全忽略掉，而只按自己的猜测去牵强附会，这就难免舍本逐末了。

作品选注

本章选取李商隐的部分经典诗作，在情深辞婉中感受义山诗的百折千回、凄恻动人。

夜雨寄北①

君②问归期未有期，巴山夜雨涨秋池③。
何当共剪西窗烛④，却话⑤巴山夜雨时。

题解

　　这是李商隐深居遥远的异乡巴蜀写给在长安的妻子（或友人）的一首抒情七言绝句，是诗人给对方的复信。诗的开头两句以问答的形式以及自己所处环境的描写，抒发了自己的孤寂情愫和对妻子的深深思念。后两句设想了来日相聚重逢的欢欣喜悦，反衬当前的孤寂难眠。全诗没有华丽的辞藻，却是构思新巧，语浅情深，质朴自然，具有"寄托深而措辞婉"的艺术特色，令人百读不厌，回味无穷。

注释

①寄北：写诗寄给北方的人。诗人当时在巴蜀，他的亲友在长安，所以说"寄北"。

②君：对对方的尊称。

③巴山：泛指巴蜀之地。秋池：秋天的池塘。

④何当：何时。剪西窗烛：剪烛，剪去燃焦的烛芯，使灯光明亮。这里形容深夜秉烛长谈。

⑤却话：从头谈起。

无题^①

相见时难别亦难，东风无力百花残^②。
春蚕到死丝^③方尽，蜡炬成灰泪始干^④。
晓镜但愁云鬓改^⑤，夜吟应觉月光寒^⑥。
蓬山^⑦此去无多路，青鸟殷勤为探看^{kān}^⑧。

题解

　　本篇是李商隐爱情诗中最广为传诵的名篇。它表达了最真诚、最执着的典型爱情心理，具有不朽的艺术魅力和深刻的哲理意义。全诗以句中的"别"字为通篇文眼，描写了一对情人离别的痛苦和别后的思念，抒发了无比真挚的相思离别之情，却也流露出诗人政治上的失意和精神上的闷苦，具有浓郁的伤感色彩，极写凄怨之深、哀婉之痛，并借神话传说表达了对心中恋人的无比挚爱、深切思念。诗中融入了诗人切身的感受。

注释

①无题：唐代以来，有的诗人不愿意标出能够表示主题的题目时，常用"无题"作为诗的标题。
②"东风"句：点明分别是在暮春时节。东风：春风。
③丝：与"思"谐音，以"丝"喻"思"，含相思之意。
④蜡炬：蜡烛。泪始干：泪，指燃烧时的蜡烛油，这里取双关义，指相思的眼泪。
⑤晓镜：早晨梳妆照镜。镜：用作动词，照镜子的意思。云鬓：青年女子浓密的头发，这里比喻青春年华。
⑥觉：设想词。月光寒：指夜渐深。
⑦蓬山：蓬莱山，传说中的海上仙山，指仙境。
⑧青鸟：神话传说中传递消息的仙鸟。殷勤：情谊恳切深厚。探看：探望。

无题·其一

来是空言去绝踪，月斜楼上五更钟。

梦为远别啼难唤，书被催成墨未浓。

蜡照半笼金翡翠①，麝熏微度绣芙蓉②。

刘郎已恨蓬山远③，更隔蓬山一万重。

注释

①蜡照：烛光。半笼：半映，指烛光隐约，不能全照床上被褥。金翡翠：指饰以金翠的被子。

②麝熏：麝香的香气，古代富贵人家用麝香等名贵香料放在香炉中熏被帐。绣芙蓉：指绣有荷花的帐子。

③刘郎：相传东汉时刘晨、阮肇一同入天台山采药，遇二女子，邀至家，留居半年后还乡，子孙已七世。后复上天台访女，已不可寻。后以此典喻"艳遇"。蓬山：蓬莱山，指仙境。

无题·其二

飒飒^①东风细雨来，芙蓉塘^②外有轻雷。

金蟾啮锁烧香入^③，玉虎牵丝汲井回^④。

贾氏窥帘韩掾^⑤少，宓妃留枕^⑥魏王才。

春心^⑦莫共花争发，一寸相思一寸灰。

题解

    这首爱情诗写出了从有望到绝望的心理过程，象征意味十足。从希望与追求到失望与幻灭，千言万语道不尽，而诗人只用"一寸相思一寸灰"这一奇句便说尽了。这样高度的集中概括，这样深刻的人生体验，实在是李商隐的惊才绝艳之处！李商隐写得最好的爱情诗，几乎全是写失意的爱情。而这种失意的爱情中又常常融入自己的某些身世之感。在相思成灰的爱情感慨中也可窥见他仕途失意的不幸遭遇。

注释

①飒飒：风声，此指风雨声。

②芙蓉塘：荷塘。

③金蟾：指蛤蟆形状的香炉。啮：咬。锁：指香炉的鼻纽，可以开关，放入香料。

④玉虎：用虎状玉石装饰的辘轳。丝：指井索。汲：引。

⑤"贾氏"句：晋韩寿貌美，贾充招为掾。贾充之女于窗格中见韩寿而悦之，遂通情。贾女又以晋帝赐贾充之西域异香赠寿。后被贾充发觉，遂以女妻寿。

⑥宓妃留枕：古代传说，伏羲氏子女名宓妃，溺死于洛水上，成为洛神。这里借指三国时曹丕的皇后甄氏。相传甄氏曾为曹丕之弟曹植所爱，后来曹操把她嫁给了曹丕。甄后被赐死后，曹丕把她的遗物玉带金缕枕送给曹植。曹植离京途经洛水，梦见甄后来相会，表示把玉枕留给他作纪念。他醒后因感其事而作《洛神赋》。

⑦春心：指相思之情。

无题 · 其一

昨夜星辰昨夜风①，画楼西畔桂堂东②。
身无彩凤双飞翼，心有灵犀③一点通。
隔座送钩④春酒暖，分曹射覆⑤蜡灯红。
嗟余听鼓应官去⑥，走马兰台类转蓬⑦。

题解

　　这首七言律诗着重抒写男女相爱而受到重重阻隔不能如愿的怅惘之情。首联谓回忆起昨夜赴宴，风儿轻柔，星光灿烂。颔联谓虽不能亲密接触，但彼此心心相印。颈联谓宴席上酒暖灯红，猜拳测谜，众人开怀。尾联谓可惜晨鼓已响，马上要去应付差事，不得不匆匆离席告别初识的丽人，同时感叹事业无成身不由己。全诗以心理活动为出发点，诗人的感受细腻而真切，将一段可意会不可言传的情感描绘得扑朔迷离而又入木三分。

注释

① "昨夜"句：《尚书·洪范》："星有好风。"此含有好会的意思。
② 画楼：指彩绘的华丽高楼。桂堂：以桂树为梁柱的厅堂，此形容厅堂华美。
③ 灵犀：旧说犀牛有神异，角中有白纹如线，直通两头。此处借喻相爱双方心灵的感应和暗通。
④ 送钩：也称藏钩。把钩互相传送后，藏于一人手中，令人猜。
⑤ 分曹：分组。射覆：在覆器下放着东西令人猜，也是古代酒令的一种。
⑥ 嗟：叹词。听鼓应官：到官府上班，古代官府卯刻击鼓，召集僚属，午刻击鼓下班。
⑦ 走马：跑马。兰台：秘书省的别称。类：类似。转蓬：指身如蓬草飞转。

无题 · 其二

重帏深下莫愁堂①，卧后清宵细细长②。
神女③生涯原是梦，小姑居处本无郎④。
风波不信菱枝弱，月露谁教桂叶香⑤。
直道相思了无益⑥，未妨惆怅是清狂⑦。

题解

　　这首七律无题抒写了青年女子爱情失意的幽怨及相思无望的苦闷，女主人公的心理独白和追思回忆构成了诗的主体。首联写女子深居闺中，因相思而彻夜难眠。颔联写女子独处幽闺，身边并没有如意郎君。颈联言女子的爱情很脆弱，易受到流言蜚语的伤害。末联写女子明知相思无益，却甘愿为爱痴狂。义山诗总能精准地写出女性的爱情心理，体察入微，美而生动。

注释

①重帏：层层帏帐。深下：深处。
②清宵：清静的夜晚。细细长：指时间一点一滴缓缓流过。
③神女：即巫山神女。
④"小姑"句：古乐府《青溪小姑曲》："小姑所居，独处无郎。"
⑤谁教：谁使，谁令。
⑥直道：即使。了：完全。
⑦清狂：痴情。

代赠二首 · 其一

楼上黄昏欲望休^①，玉梯横绝月中钩^②。
芭蕉不展丁香结^③，同向春风各自愁^④。

题解

　　这首诗描写了女子与情人离别的愁思，不但写女主人公无心凭栏远眺，就连眼前的芭蕉和丁香都含愁不解，愈添感伤。诗的开头写女子黄昏时分登楼望远，想去看望情人却又欲望还休。第二句写玉梯横断，情人被阻，新月如钩而不圆，就像一对情人不得会合。三、四句以芭蕉心未伸和丁香花未放来比喻双方的不解之愁、相思之苦。全诗意境优美，情致婉转，韵味无穷。

注释

①欲望休：想去看望情人，但又欲望还休。

②玉梯横绝：华美的楼梯横断，不能上。月中钩：一作"月如钩"。

③芭蕉不展：芭蕉心卷缩未伸展开来。丁香结：丁香花蕊初生尚未绽开。

④同向春风：诗以芭蕉喻情人，以丁香喻女子自己，芭蕉和丁香一同对着黄昏清冷的春风，表明二人异地同心，都在为不能与对方相会而哀愁。

代赠二首 · 其二

东南日出照高楼，楼上离人唱石州^①。
总把春山扫眉黛^②，不知供得几多愁？

题解

　　这是一首代女子赠别所欢之作。一、二句谓旭日东升时，霞光映照着女子所居之高楼，晨起时，女子唱着别离的歌曲。三、四句谓纵然以黛画眉，眉若春山，然而离愁别恨也像云山千叠，令女子满心愁苦。全诗景与情、物与人相互交融，结构细致深邃，情感缠绵忧伤，意境优美，韵味无穷。

注释

①石州：见《乐府诗集》，为思妇怀远之作。
②总：纵使。春山：指眉。《西京杂记》："卓文君姣好，眉色如望远山。"扫：画也。黛：青黑色颜料，古时妇女用以画眉。

嫦娥①

云母屏风烛影深②，长河渐落晓星沉③。
嫦娥应悔偷灵药④，碧海青天夜夜心⑤。

题解

　　这是唐人七绝之名篇。此诗咏叹嫦娥在月宫中的孤寂情景，同时抒发了诗人的自伤之情。诗的前两句说嫦娥在屏风之后烛光微弱的深处隐藏，彻夜无眠。后两句说她懊悔偷吃不死之药而奔上月宫，永远面对碧海青天夜夜凄凉，相思之情绵绵不尽。全诗情调感伤，情感深邃，意蕴丰富，动人心弦。

注释

①嫦娥：神话中的月亮女神，传说是夏代东夷首领后羿的妻子。
②云母屏风：以云母石制作的屏风。云母，一种矿物，晶体透明有光泽，古代常用来装饰窗户、屏风等物。深：暗淡。
③长河：银河。晓星：晨星。或指启明星，清晨时出现在东方。
④灵药：指长生不死药。
⑤碧海青天：指嫦娥的枯燥生活，只能见到碧色的海，深蓝色的天。碧海，形容蓝天苍碧如同大海。夜夜心：夜夜独守月宫的孤寂心理。

霜月

初闻征雁已无蝉^①，百尺楼高水接天^②。
青女素娥俱耐冷^③，月中霜里斗婵娟^④。

题解

　　诗人于霜月交辉之夜，忘却自身的寂寞寒冷，想象出青女与素娥斗美比洁，才有如此迷人的夜景。首句以物候变化指明深秋已至；次句言月华澄明，水光接天；三、四句写霜神青女和月中嫦娥争妍斗美。全诗将幻想和现实交织在一起，构成完美的整体，充分体现了义山诗的唯美意境。

注释

①征雁：大雁春到北方，秋到南方，不惧远行，故称征雁。此处指南飞的雁。无蝉：雁南飞时，已听不见蝉鸣。
②水接天：水天一色，这里不是实写水，而是形容月、霜和夜空如水一样明亮。
③青女：主管霜雪的女神。素娥：即嫦娥。
④斗：竞争，比赛。婵娟：美好貌。古代多用来形容女子，也指月亮。

春雨

怅卧新春白袷衣^①，白门寥落意多违^②。
红楼隔雨相望冷^③，珠箔飘灯独自归^④。
远路应悲春晼晚^⑤，残宵犹得梦依稀^⑥。
玉珰缄札何由达^⑦，万里云罗一雁飞^⑧。

题解

　　本诗借春雨为题怀念所思女子。首联先写春雨绵绵的天气里和衣而卧，门庭冷落。次联写冒雨探望女子所居楼阁，却是人去楼空，只能提灯独自归来。三联写伊人在夕照途中定当感别而伤春，自己则因相思入梦。末联喟叹玉珰和书信无人带给伊人，只能寄希望于飞鸿。全诗借助飘洒迷蒙的春雨，融入主人公迷茫的心境、依稀的梦境，烘托离别的寥落、思念的真挚，构成浑然一体的艺术境界，隐喻着诗人难言的感情，抒发着诗人哀伤的情愫，具有相当的美感。

注释

①白袷衣：即白夹衣，唐人以白衫为闲居便服。
②白门：六朝古都建康（今南京）的正南门宣阳门，世称"白门"。此处指代男女幽会之地。
③红楼：华美的楼房，多指女子的住处。
④珠箔：珠帘。此处比喻春雨如珠帘。
⑤晼晚：太阳下山的光景。
⑥依稀：形容梦境的忧伤迷离。
⑦玉珰：用玉石做的耳坠。古代常用环佩、玉珰一类的饰物作为男女定情信物。缄札：书信。
⑧云罗：像螺纹般的云片，阴云密布如罗网。此处形容路途艰难。

赠荷花

世间花叶不相伦^①，花入金盆^②叶作尘。
惟有绿荷红菡萏^③，卷舒开合任天真^④。
此花此叶长相映，翠减红衰愁杀人^⑤。

题解

　　这是李商隐创作的一首七言古诗。一、二句谓世人爱花不爱叶，花可入金盆，叶却被抛弃。三、四句谓只有花与叶互相映衬，才是天然可爱的。五、六句谓但愿花与叶常相伴，若是翠减红衰则令人生悲，这里既写出了诗人的期望，也写出了他的隐忧。全诗委婉含蓄，思想深邃，耐人寻味。

注释

①不相伦：不可相比。伦：比并之意。

②金盆：铜制的盆，供注水盥洗之用。

③菡萏：未开的荷花。

④卷舒：形容荷叶的姿态。卷，卷缩。舒，伸展。开合：形容荷花的姿态。开，开放。合，合拢。任天真：即自然天成。天真，天然本性、不加雕饰的样子。

⑤翠减红衰：翠者为叶，红者为花，翠减红衰意指花叶凋零。愁杀人：令人愁苦至极。

暮秋独游曲江①

荷叶生时春恨生②，荷叶枯时秋恨成。
深知③身在情长在，怅望④江头江水声。

注释

①曲江：即曲江池，在今陕西省西安市东南。
②恨：犹春愁，春怨。生：一作"起"。
③深知：十分了解。
④怅望：惆怅地看望或想望。

晚晴

深居俯夹城^①，春去夏犹清。
天意怜幽草^②，人间重晚晴。
并添高阁迥^③，微注^④小窗明。
越鸟^⑤巢干后，归飞体更轻。

注释

①夹城：瓮城，城门外的月城，作掩护城门、加强防御之用。

②幽草：幽暗地方生长的小草。

③并：更。高阁：指诗人居处的楼阁。迥：高远。

④微注：因是晚景斜晖，光线显得微弱柔和，故说"微注"。

⑤越鸟：南方的鸟。

贾生①

宣室求贤访逐臣②，贾生才调更无伦③。
可怜夜半虚前席④，不问苍生问鬼神⑤。

题解

　　这是一首借古讽今的咏史诗，意在借贾谊的遭遇，抒写诗人怀才不遇的感慨。汉文帝不采用贾生进步的政治主张，却向他问鬼神之事，本末倒置，造成千古遗恨。此诗寓慨于讽，深刻而具有力度，在对贾谊怀才不遇的同情中，寄寓诗人自己在政治上备受排挤、壮志难酬的感伤。

注释

①贾生：指贾谊（公元前200—前168），西汉著名的政论家、文学家，博学能文，力主改革弊政，提出了许多重要政治主张，却遭谗被贬，一生抑郁不得志。
②宣室：未央宫前殿的正室。访：征询。逐臣：被贬谪的臣下，指贾谊。
③才调：才华气质，指贾谊的政治才能。无伦：无人比得上。
④可怜：可惜，可叹。虚：徒然。前席：在座席上移膝靠近对方。
⑤苍生：指百姓。

宿骆氏亭寄怀崔雍、崔衮①

竹坞无尘水槛清②，相思迢递隔重城③。
秋阴不散霜飞晚④，留得枯荷听雨声⑤。

题解

　　此诗抒写对友人的思念，也寄予了诗人自己的身世冷落之感。全诗以景寄情，寓情于景，以修竹、清水、静亭、枯荷、秋雨等普通景物勾勒出清幽绝妙的意境，并将自己对崔雍、崔衮两兄弟的思念之情以及诗人漂泊异乡的寂寥之感含蓄地传递出来。

注释

①骆氏亭：何处不详。崔雍、崔衮：崔戎的儿子。
②竹坞：种植竹林的池边高地。水槛：指临水有栏杆的亭榭。此指骆氏亭。
③迢递：高峻，高远。重城：一道道城关。
④"秋阴"句：秋日阴云连日不散，霜期来得晚。
⑤枯荷听雨声：雨滴在枯荷上，大约只有彻夜难眠的人才能听到。

安定城楼①

迢递②高城百尺楼，绿杨枝外尽汀洲③。
贾④生年少虚垂涕，王粲⑤春来更远游。
永忆江湖归白发⑥，欲回天地入扁舟⑦。
不知腐鼠成滋味，猜意鹓雏竟未休⑧。

题解

　　开成三年（838年）春，李商隐参加博学宏词科考试，本已被录取的他，因中书长者一句"此人不堪"而被除名，在朋党势力的排挤下落选。这年春天，他入泾原节度使王茂元幕府，登安定城楼而赋此诗。这是李商隐自伤生平的抒情诗之代表作。

注释

①安定：郡名，即泾州（今甘肃省泾川县北），唐代泾原节度使的治所。

②迢递：形容楼高而连续绵延。

③枝外：一作"枝上"。汀洲：汀指水边之地，洲是水中之洲渚。此句写登楼所见。

④贾生：指西汉人贾谊，他青年时常常针对国家的种种弊端提出一系列建议，但文帝并未采纳，后来他呕血而亡，年仅33岁。李商隐此时27岁，以贾生自比。

⑤王粲：东汉末年人，建安七子之一。王粲年轻时曾流寓荆州，依附刘表，但并不得志。李商隐以寄人篱下的王粲自比。

⑥永忆：长想，一贯向往。江湖：与朝廷相对，喻指归隐的处所。

⑦入扁舟：暗用春秋时越国大夫范蠡功成后乘扁舟泛五湖而归隐的典故。李商隐借用此事说自己一贯向往着年老时归隐江湖，但必须等到把治理国家的事业完成，功成名就之后才遂此凤愿。

⑧"不知"二句：典出《庄子·秋水》。惠施在梁国当宰相，庄子前去见他，有人对惠施说，庄子想取代你的相位，惠施很恐慌。庄子见到惠施，用寓言讽刺他道：南方有一种叫鹓雏的鸟，不是梧桐不栖，不是竹实不吃，不是甘泉不饮。鸱鸟弄到一只腐鼠，看到鹓雏飞过，怀疑它要来抢食，就对着它发出"吓"的怒叫声，现在你惠施也想用梁国这只腐鼠来"吓"我吗？李商隐以庄子和鹓雏自比，说自己有高远的心志，并非汲汲于官位利禄之辈，讽刺那些猜忌和排斥自己的朋党势力。腐鼠：比喻自己所鄙视的利禄。成滋味：当作美味。猜意：猜疑他人心意。

鹓雏：古代传说中一种像凤凰的鸟，比喻具有雄心壮志和高洁品格的人物。

任弘农尉献州刺史乞假还京①

黄昏封印点刑徒②，愧负荆山入座隅③。
却羡卞和双刖足④，一生无复没阶趋⑤。

题解

　　开成四年（839年），李商隐再次应吏部试被录取，成为秘书省校书郎，可是由于朋党倾轧，之后又被调任弘农尉。他每日不仅要在官府中趋走，待黄昏又要封存官印，清点囚徒，还要亲自处理那些无辜的黎民百姓。最终因为"活狱"（即减免受冤囚徒的刑罚）而冒犯了上司，在这种情形下他愤而辞职。这首诗是呈给上级要求离职的。

注释

①弘农：今河南灵宝。尉：县尉，与县丞同为县令佐官，掌治安捕盗之事。乞假：请假。

②封印：封存官印。点刑徒：清点囚徒。这两件事是县尉每日散衙前的例行公事。

③愧负：自愧逊色。荆山：此处指虢州湖城县（今河南灵宝）南的荆山，山势雄峻，乃传说中黄帝铸鼎处。

④卞和：春秋楚人。相传他在荆山（今湖北南漳县西）得一玉璞，先后献给楚厉王和楚武王，都被认为欺诈，受刑砍去双脚。楚文王即位，他抱璞哭于荆山下，文王派人琢这块玉璞，果得宝玉，名为"和氏璧"。刖足：断足，是古代的一种酷刑。

⑤没阶：尽阶，走完台阶，形容迎送宾客的礼貌行为。趋：小步快走，表示恭敬。这里状写身为县尉的诗人每日在官府趋奉奔走的卑屈情景。这两句是说，我反倒很羡慕卞和被砍掉了双足，免得一辈子遭受在阶前逢迎奔走的屈辱。

赋得鸡^①

稻粱犹足活诸雏^②，妒敌专场^③好自娱。
可要五更惊晓梦^④，不辞风雪为阳乌^⑤？

题解

　　这首诗借鸡为喻，揭露藩镇跋扈利己，贪婪好斗的本质。诗的前二句谓藩镇割据世袭，足以庇荫子孙，然而贪得无厌，相互争斗，以独占全场为乐。后二句谓鸡的本心不愿惊扰自己的酣梦而冒着风雪报晓，借以比喻藩镇表面上秉承王命，实则无心效忠朝廷。这首七言绝句比喻新颖，讽刺巧妙。

注释

①赋得：借古人诗句或成语命题作诗。诗题前一般都冠以"赋得"二字。鸡：指斗鸡。此喻唐时藩镇割据势力相互争斗。
②稻粱：指鸡饲料。雏：小鸡。
③妒敌专场：指斗鸡彼此敌视，都想斗倒对方，独占全场。此时比喻藩镇虽割据，但仍为各自的私利而彼此敌视。
④可要：是否要。晓梦：指清晨时的美梦。晓一作"稳"。
⑤辞：避开。阳乌：传说太阳中有三足乌，比喻君王。

咏史

历览前贤国与家，成由勤俭破由奢^①。
何须琥珀方为枕^②，岂得真珠始是车^③。
运去不逢青海马^④，力穷难拔蜀山蛇^⑤。
几人曾预南薰曲^⑥，终古苍梧哭翠华^⑦。

题解

　　这是李商隐为伤悼唐文宗而作。首联谓勤俭兴国，奢侈败国，提出了政权成败的关键。颔联谓文宗俭朴，提出一个王朝的兴衰有其更深层的原因。颈联谓时运不好，无力拔除宦官，认为比勤俭更为重要的是国运和国力。尾联则是对文宗的哀悼，抒发了诗人对国家命运的关注及忧虑。

注释

①奢：享受。
②琥珀枕：用琥珀制作的枕头。
③真珠车：以珍珠照乘之车。上句的"何须"与此句的"岂得"皆指文宗勤俭不奢。
④运去：指唐朝国运衰微。青海马：良马，以喻贤臣英才。
⑤蜀山蛇：据《蜀王本纪》载：秦献美女于蜀王，蜀王遣五丁力士迎之。还至梓潼，见一大蛇入山穴中，五丁共引之，山崩，五丁皆化为石。此以蛇喻宦官、佞臣。
⑥预：与闻，意指听到。南薰曲：即《南风》。相传舜曾弹五弦琴，歌《南风》之诗而天下大治。其词曰："南风之薰兮，可以解吾民之愠兮。"
⑦苍梧：即九嶷山，在今湖南宁远县南，传为舜埋葬之地。这里借指唐文宗所葬的章陵。翠华：翠羽旗，皇帝的仪仗。

乐游原①

向晚意不适②，驱车登古原。
夕阳无限好，只是近③黄昏。

注释

①乐游原：故址在今陕西西安市郊。

②向晚：傍晚。不适：不悦，不快。

③近：快要。

过楚宫①

巫峡②迢迢旧楚宫，至今云雨暗丹枫③。
微生④尽恋人间乐，只有襄王忆梦中。

注释

①楚宫：《寰宇记》："楚宫在巫山县北二百步，在阳台古城内，即襄王所游之地。"
②巫峡：四川巫山县东，绵延一百六十里，因巫山得名。
③丹枫：经霜泛红的枫叶。
④微生：常人，众生。

流莺①

流莺漂荡复参差（cēn cī）②，度陌临流不自持③。
巧啭（zhuàn）④岂能无本意，良辰未必有佳期⑤。
风朝露夜阴晴里，万户千门开闭时⑥。
曾苦伤春⑦不忍听，凤城何处有花枝⑧？

题解

  首联描写流莺四处飘荡，飞越万千江河，却不能把握自己的命运。颔联指出流莺的美妙歌声自有真情深意，可知之者甚少，即使遇上好时光，也未必有美好期遇。颈联写风雨晦明，不管是开门谛听还是关门不闻，流莺都鸣叫不已。尾联写流莺伤春的哀鸣令人不忍听闻，即使凤城花树如云，流莺也无处可依。这是诗人托物寓怀的诗篇，借流莺暗喻自身，寄托身世之感，抒写自己漂泊无依、抱负难展、佳期难遇的苦闷之情。全诗咏物抒情，情思深婉。

注释

①流莺：莺声婉转动听，故称流莺。

②漂荡：漂泊无定，流浪。参差：这里指鸟儿张翅飞翔。

③不自持：无法控制自己。

④啭：鸟婉转地鸣叫。

⑤良辰：好时光。佳期：美好的期遇。

⑥"风朝"二句：此联写京华莺声，无论风露阴晴、门户开闭，皆飘荡啼啭不已。

⑦伤春：因春天到来而引起忧伤、苦闷。

⑧凤城：借指长安。花枝：指流莺栖息之所。

忆梅

定定住天涯^①，依依向物华^②。
寒梅最堪恨^③，常作去年花^④。

题解

　　这是李商隐在梓州做幕府时所写的一首咏物诗。诗人通过描写春日游玩时不见梅花这件事，来表达自己因怀才不遇、流离辗转而感到愤懑颓唐的思想感情。失意之人长在天涯，只有通过春日景物来寻求安慰，只是诗人薄宦而多病，好像那早开早谢的寒梅，注定春天不属于自己。全诗层层转折，浑然天成，毫无雕琢之迹，使人感到言有尽而意无穷，具有很高的艺术魅力。

注释

①定定：停留不动。天涯：此指远离家乡的地方，即梓州。
②物华：万物升华，指春天的景物。
③堪恨：可恨。恨：怅恨，遗憾。
④去年花：指早梅。因为梅花在严冬开放，春天时梅花已经凋谢，所以称为"去年花"。

这本书的谱系
Related Reading

初唐

　　初唐的前五十年仍延续着南朝的诗风，以宫体诗为主。然而，一批来自中下层社会、通过科举考试进入仕途的诗人，成为诗歌创作的主力。他们的题材突破了宫体诗的狭小范围，把怀乡、边塞、市井生活、山川景物等，都纳入歌咏的内容，让诗歌成为个人的抒情和寄托。

王勃	"初唐四杰"之首，其诗风清新流畅、质朴自然，代表作品为《滕王阁序》
杨炯	"初唐四杰"之一，以边塞征战诗著名，像《从军行》《出塞》等，皆表现出雄健风格
卢照邻	"初唐四杰"之一，擅长七言歌行，代表作为《长安古意》，诗笔纵横奔放、富丽而不浮艳，为初唐长篇歌行的名篇
骆宾王	"初唐四杰"之一，在四杰之中他的诗作最多。他的诗题材广泛，尤擅长七言歌行，名作《帝京篇》在初唐时已被誉为绝唱
沈佺期	其近体诗格律严谨精密，为律诗体制定型的代表诗人。代表作《独不见》
宋之问	为近体律诗定型的代表诗人。其诗文多为颂扬功德之作，尤擅长五言律诗，代表作有《题大庾岭北驿》《度大庾岭》等
陈子昂	为唐诗革新的先驱，认为诗歌应继承《诗经》的传统，有比兴寄托。代表作是《感遇诗三十八首》和《登幽州台歌》

盛唐

玄宗开元元年（713年）至代宗永泰元年（765年）的五十多年间，是唐诗发展的顶峰。

盛唐诗坛具有强烈的时代特色，社会的开明与开放，带来了充沛的创造力与活力，诗歌作品博大、雄浑、深远、超逸。这个时期除了山水、田园、宫怨、离情等传统题材外，也有丰富的政治诗和边塞诗。

李白	为浪漫主义诗人，被后人称为"诗仙"，与杜甫并称为"李杜"。其诗以抒情为主，诗风豪迈飘逸，想象丰富。存诗近千首，有《李太白集》传世
杜甫	为唐朝现实主义诗人。其诗歌兼备多种风格，除五古、七古、五律、七律外，还写了不少排律。后人称其为"诗圣"，作品集有《杜工部集》
王维	有"诗佛"之称。以五言律诗和绝句著称，其诗有两种风格，前期大都反映现实；后期则多描绘田园山水，尤其擅长田园诗。作品集有《王右丞集》
王昌龄	盛唐著名的边塞诗人，擅长七言绝句。题材多以边塞、闺情宫怨和送别为主，代表作有《出塞》《从军行》《长信秋词》《闺怨》等
高适	边塞诗人，与岑参并称"高岑"。其边塞诗雄壮而浑厚，描写边塞生活、战场景象等，代表作为《燕歌行》
岑参	边塞诗人，雄奇瑰丽是他边塞诗的特色，代表作有《白雪歌送武判官归京》《走马川行奉送封大夫出师西征》

中唐

代宗大历元年（766年）至文宗太和九年（835年）的七十年间，出现了众多诗人，诗歌的数量及流派众多。

安史之乱后的中唐，政治经济整体呈现衰颓的局面，藩镇割据、宦官擅权、朋党之争，社会处于紧张之中。因此中唐诗歌的政治色彩比盛唐更为强烈。

元稹	与白居易齐名，并称"元白"，是新乐府运动的倡导者。其诗擅长描写男女爱情，细致而生动。作品集有《元氏长庆集》
白居易	与刘禹锡齐名，并称为"刘白"。其诗歌题材广泛，作品平易近人，老妪能解，是新乐府运动的倡导者。作品集有《白氏长庆集》
韩愈	为唐宋八大家之首，与柳宗元是当时古文运动的倡导者。韩愈以文为诗，以论为诗，求新求奇，代表作有《师说》《进学解》《早春呈水部张十八员外》
孟郊	现存诗歌五百多首，以其擅长的五言古诗最多。与贾岛齐名，人称"郊寒岛瘦"。代表作有《游子吟》
韦应物	田园派诗人，其诗多描写山水田园，诗风清幽静寂，寄托深远。著有《西塞山》《滁州西涧》等名篇
李贺	被称为"诗鬼"。其诗想象力丰富，意境华丽，文字瑰丽奇峭。代表作有《高轩过》《雁门太守行》《金铜仙人辞汉歌》等

晚唐

自文宗开成元年（836年）至昭宗天祐四年（907年）的七十年间，政治形势更为黑暗，有才华的诗人很难凭借自己的才华进入仕途。

这时期的诗歌脱离了政治，转而追求诗歌的美学价值；或是沉湎于内心深处，品味一己的哀愁。此外，受市民文学的影响，爱情主题十分流行。

杜牧	擅长长篇五言古诗，其诗情致豪迈，气骨遒劲；其七言律诗细密工丽，辞精意美。作品收录在《樊川文集》
李商隐	与杜牧合称"小李杜"，长于七律，精于用典。李商隐是极富于艺术感的诗人，对美有独特的体会，善于描写和表现细微的感情，代表作有《无题》《夜雨寄北》《锦瑟》等
杜荀鹤	为现实主义诗人，其诗自成一家，擅长于宫词，代表作为《春宫怨》
聂夷中	其诗作揭露封建统治阶级对人民的残酷剥削，对农户的疾苦寄予同情。代表作有《咏田家》《短歌》《杂怨》
皮日休	其诗有两种风格：一为继承白居易新乐府传统，语言平易近人；一为韩愈逞奇斗险风格。著有《皮子文薮》

延伸的书、音乐、影像
Books , Audio&Videos

◎《迦陵论诗丛稿》

作者：叶嘉莹

出版社：中华书局，2007 年

由作者对中国古典诗歌的重要作品和作家，如《诗经》《古诗十九首》、陶渊明、杜甫、李商隐等，做了深入探讨。透过此书，可以了解到作者研读的态度及写作方式的转变过程。

◎《迦陵论词丛稿》

作者：叶嘉莹

出版社：桂冠图书，2000 年

书中共有十篇文字，记录作者从事词学研究以来，由对个别词人的词作评赏到反思词学批评理论的足迹。前八篇是针对个别词人及词作的批评和欣赏，后两篇则是对批评理论的探讨。

◎《唐诗百话》

作者：施蛰存

出版社：上海古籍出版社，1987 年

作者将数十年来对中国古典诗学的潜心探索，以严谨考证和比较文学研究的方法集结成一书。施蛰存是中国现代著名作家、文学翻译家及学者。在诗学、词学、比较文学、金石碑刻与文物等研究领域，都有杰出的成就。

◎《人间词话》

作者：王国维

出版社：上海古籍出版社，1998 年

本书是王国维最重要的一部文学批评著作。接受西洋美学的洗礼后，他以崭新的观点对中国旧文学做出评论，具有划时代的意义。

◎《昨夜星辰昨夜风：李商隐诗歌欣赏》

朗诵：曹灿、李扬
出版社：河北教育音像出版社
朗诵艺术家以普通话为依托，通过语气、语调、语速、重音的变化和情绪的调动，以情感再现文学作品的思想内涵，用声音重塑文学作品的人物形象。

◎《中国文学之美系列——李商隐》

讲者：蒋勋
出版社：耕心艺术欣赏工作室
中国文学之美系列四十八讲，作家蒋勋主讲，内容包含文学、诗歌、戏曲等，以及王维、李白、杜甫、李商隐等人物。

◎《中国古韵：大唐乐舞》

类型：纪录片
制作：日本NHK
唐朝的乐舞艺术为中国史上的巅峰，音乐舞蹈成为日常生活的一环。本片以全唐诗及敦煌飞天为蓝图，勾勒出乐工舞伎的衣饰形象以及器乐编制的阵容，重现大唐盛世的风采。收录的曲目有《绿腰》《霓裳羽衣舞》《华清宫》等古乐曲及舞蹈。

图书在版编目（CIP）数据

情深辞婉诗成谜：叶嘉莹带你读懂李商隐 /（唐）
李商隐著；（加）叶嘉莹导读 . -- 北京：中国致公出版
社，2021

ISBN 978-7-5145-1109-3

Ⅰ . ①情… Ⅱ . ①李… ②叶… Ⅲ . ①李商隐（813-
约 858）- 唐诗 - 诗歌研究 Ⅳ . ① I207.22

中国版本图书馆 CIP 数据核字 (2021) 第 021086 号

情深辞婉诗成谜：叶嘉莹带你读懂李商隐 /（唐）李商隐 著；（加）叶嘉莹 导读

出　　版	中国致公出版社	
	（北京市朝阳区八里庄西里 100 号住邦 2000 大厦 1 号楼西区 21 层）	
出　　品	知音动漫图书·时代坊	
	（武汉市东湖路 179 号）	
发　　行	中国致公出版社（010-66121708）	
作品企划	知音动漫图书·时代坊	
责任编辑	程　英	
责任校对	邓新蓉	
装帧设计	方　茜	
印　　刷	武汉新鸿业印务有限公司	
版　　次	2021 年 7 月第 1 版	
印　　次	2021 年 7 月第 1 次印刷	
开　　本	787mm×1092mm　1 / 16	
印　　张	8.75	
字　　数	130 千字	
书　　号	ISBN 978-7-5145-1109-3	
定　　价	45.00 元